邹克斯 著

晚霞
进行曲

WANXIA

JINXINGQU

中国言实出版社

图书在版编目（CIP）数据

晚霞进行曲 / 邹克斯著 . —— 北京：中国言实出版社 , 2022.12
ISBN 978-7-5171-4128-0

Ⅰ . ①晚… Ⅱ . ①邹… Ⅲ . ①散文集 - 中国 - 当代②小说集 - 中国 - 当代 Ⅳ . ① I217.2

中国版本图书馆 CIP 数据核字 (2022) 第 181059 号

晚霞进行曲

责任编辑： 王建玲

责任校对： 张天杨

出版发行： 中国言实出版社

地　　址：北京市朝阳区北苑路 180 号加利大厦 5 号楼 105 室

邮　　编：100101

编辑部：北京市海淀区花园路 6 号院 B 座 6 层

邮　　编：100088

电　　话：64924853（总编室）　64924716（发行部）

网　　址：www.zgyscbs.cn　　电子邮箱：zgyscbs@263.net

经　　销： 新华书店

印　　刷： 湖北金港彩印有限公司

版　　次： 2023 年 2 月第 1 版　　2023 年 2 月第 1 次印刷

规　　格： 880 毫米 ×1230 毫米　　1/32　　5 印张

字　　数： 100 千字

定　　价： 98.00 元

书　　号： ISBN 978-7-5171-4128-0

代　序

贺邹君克斯《晚霞进行曲》付梓

何寅初

著书不为稻粱谋，

自写心中一段秋。

俗子凡夫何识也，

留传后世乐悠悠。

2022 年 8 月 20 日于衡阳

【注】何寅初，作者大学同班同寝室学友，生于
1943 年，中共党员，退休前系衡阳农机局局长。

前　言

　　唐朝刘禹锡《酬乐天咏老见示》诗曰："莫道桑榆晚，为霞尚满天。"这句话的意思是：不要说日落之时天色已晚，虽然是流照在桑榆之上的余晖，依旧能够幻化成霞，绮丽满天。

　　我虽岁数已大，但仍笔耕不辍，希望我的晚年也能如日落之时的晚霞，绮丽绚烂。这些文稿，都是我于去年上半年，在星城的金汇园奋力写作的。这是我写的第三本书，内容多为歌颂时代，歌颂社会，赞扬仁义，怀念名人、亲人、同学、同事，向往美好生活。因是晚年写就，所以称为《晚霞进行曲》。

　　在写这些文稿的时候，我越来越感悟到：老年人要活得健康快乐，除了要保证正常的睡眠、注意身体之外，更重要的是大脑和手脚要不停地活动，要忙！手头做一件事的时候，要计划下面该做什么事情。今天做这件事的时候，要计划明天该做什么事。如果怕忘记，就拿纸或笔记本将这些计划随时记下来。

　　当然，这"忙"字是个很宽泛的概念，养花、喂鸟、钓鱼、种菜、织毛线衣、搞卫生、下厨，都是忙。要根据个人的兴趣爱好、身体状态而定，不能一概而论，也不能忙得让身体劳损。

　　我国漫画家方成老先生，活了一百多岁。八十岁时，背不驼，腰挺直，健步如飞，游泳动辄千米，骑自行车几十里路更是小菜一碟。九十岁时，还照样能骑自行车，走起路来比一些七八十岁的还利索。一百岁时方老身体依然硬朗，甚至仍坚持创作。他说："我平时每天都忙，脑子从来不停。很多像我这般年纪的人都老年痴呆了，我还能用电脑写文章。"

　　方成老先生曾创作了一幅他骑自行车的漫画，题字是："生活一向很平常，骑车画画写文章，养生就靠一个字：忙！"我的一个亲友在朋友圈点赞他这番话："总而言之，老年人也不要闲着！"央视节目《夕阳红》主持人黄薇也说过："老人勤快，健康常在！"

　　我在写这些文稿的时候，还深深感悟到，老年人必须一生都要坚持社会主义核心价值观，要有高尚情怀，心态要充满阳光；一生都要不忘初心，牢记使命，坚守信仰，勇于担当；一生都要爱好学习，与时俱进。

　　退休以来我一直都是这么想的，也是这么做的。

目　录

诗词楹联篇

散文篇

岳麓山放歌

——致当年师院同学

　　星城是个美丽的城市，能在星城岳麓山下求读是幸福的。

　　我们这一代人上学读书的时候，新中国已昂然屹立于世界民族之林。我们中文系62级二班虽然不都是精英才俊，但当年我们学习上互帮互学，生活上互相关怀，政治上共同进步的情谊是难以忘怀的，我们也曾到"中流击水"（在湘江游泳），也曾"指点江山"（登上云麓宫游览）。如今我已80多岁，非常怀念当年那些同窗学友。最令人振奋欢欣的是我们从师范学院毕业后，几十年来，岳麓山的风貌，岳麓山下的院校，有了翻天覆地的变化，旧貌变新颜！这一切美好景象，多么值得我们欢聚畅谈！此情此景，我不禁吟诵起了下面这首七言诗：

岳麓山放歌

岳麓风光育精英，别来登山眺星城。

洲上伟人塑像宏，山下题写爱晚亭。

师院校舍最钟情，地铁穿越喜盈盈。

江上建造七八桥，江底隧道三四条。

三湘长岛绿化精，千座公园将建成。

高楼大厦增欣荣，古街深巷保声名。

融合株洲和莲城，地域扩大神仙惊。

雷锋故乡讲文明，多年评为文明城。

当年求学尚年轻，而今个个成寿星。

寄言各位老学兄，何时再来麓山行？

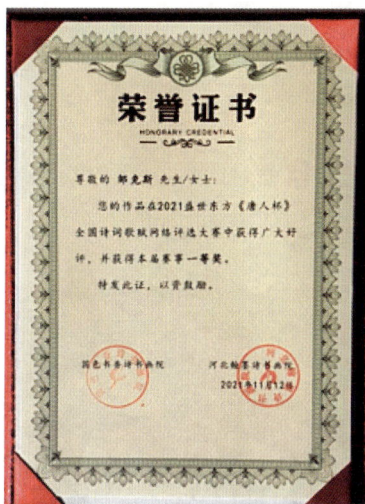

《岳麓山放歌》获奖证书和奖牌

一张韶山合影

参观毛主席旧居韶山留念 1968

　　我的相册里保存着一张与同事、家人在韶山的合影，五十多年了，每当我翻看相册看到这张照片时，当时的情景立刻浮现在眼前。

　　那是1968年底，我从湖南师范学院毕业分配到醴陵一中不到一年，教学工作并不繁忙，于是和同事们搭乘汽车到株洲，再乘火车去韶山瞻仰毛主席故居，有几个同事还带上了他们幼小的子女。在那里我们流连忘返，无比振奋激动，并留下了这张合影。

对醴陵一中我是深感亲切的。我的祖籍是醴陵，毕业分配时，我填报的唯一志愿是醴陵一中。我的父亲是在醴陵一中的前身遵道中学初中毕业后考上中专的，我的老伴儿梅家庆是在醴陵一中高中毕业并在醴陵一中参加教学工作的，我的长子是在醴陵一中高中毕业，然后考上高一级专业学校的，可以说，我与醴陵一中有缘！

醴陵一中的教学人员有些后来是我在醴陵六中的同事，他们是何祉、刘曙萍、朱德佩、李仁槐。这几位同事在醴陵六中对我的工作大力帮扶支持，对我两个幼小的儿子热忱关照，令我终生难忘。他们都早已去世，但音容犹在，我时常深深怀念他们！合影中有的人后来也成为我在醴陵六中的同事，不知他们现在情况如何，非常思念。

看着这张保存至今的韶山合影，我常常不禁在心中默念：醴陵一中的同事们，你们都好吗？合影中的小朋友们，你们现在应该到退休年龄了，都好吗？

回忆同学唐鹏飞

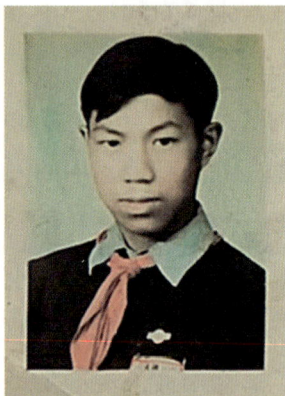

唐鹏飞生前是株洲市中医伤科医院业务院长。他于1962年下半年起在株洲市堤升街原健康伤科医务所跟班学徒，该医务所是株洲市中医伤科医院的前身，所以他算得上是株洲市中医伤科医院的创建人之一。他学历不高，但医术精深，医德高尚，很早以前就评上了副主任医师，而且早在1986年9月27日，《株洲日报》第二版就对他的事迹有过详细报道。

唐鹏飞是我的同学，情谊深厚，亲如兄长。2022年3月3日他因患尿毒症治疗无效去世，享年八十四岁。他逝世后，我脑海里时常浮现他的身影，常常梦见他。虽然我与他只在株洲铁路第一小学读四年级和五年级时待了两年，但我人生的每一步前进，都有他的推动，收获的每一份美满都有他的扶助。几十年来我视他为兄长，他也一直关心我、爱护我、帮助我。

1955年我被送到长沙父亲处读书，分别时他很难过，买了一个大笔记本，抄写了《钢铁是怎样炼成的》一书主人公保尔·柯察金的名言送给我："人最宝贵的东西是生命。生命对于我们只有一次。人的一生应当这样度过：当回忆往事的时候，不为虚度年华而痛悔，也不为碌碌无为而羞愧。在临死的时候，他能够说：'我的整个生命和全部精力，都已经献给世界上最壮丽的事业：为人类的解放而斗争。'"送我上火车时，他把这个笔记本放在我手里，哽咽着说："你的离去，好像割去了我身上一块肉！"那时我还没读过《钢铁是怎样炼成的》，但他已把这本书的主人公保尔·柯察金的名言深深地种植在我心里了。这是他最初对我人生的勉励和鼓舞。

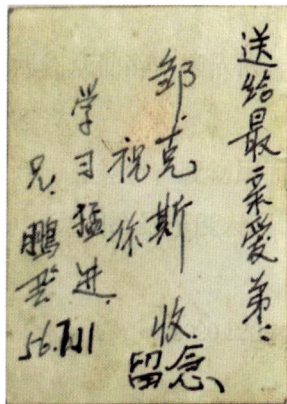

我在长沙考入初中后，他与妹妹唐淑娥来看我。那天我邀他们游览岳麓山。我们是从岳麓山北头上山，向湖南大学方向游览的。我因为事先有点累，爬到半山坡时畏缩了，说："算了，我们还是从爱晚亭那里直接上山吧！"他笑一笑幽默地说："美好的风景在向你招手！"这是他第二次勉励和鼓舞我。自那以后，我遇到艰难和辛酸的情况，便很少畏缩了。

1962年上学期，他从衡阳铁一中学毕业，我从长沙六中毕业。下学期他开始在株洲堤升街健康伤科医务所跟班学徒，我进入湖南师范学院中文系学习。我自幼体弱多病，那时因为一件事心灵受了刺激，身体状况很不好，情绪也很消沉。他知道这个情况后很着急，跑到师院来看我，劝慰说："你在师院学习，餐宿和学费全由国家提供，将来工作也安稳，好幸福！你看我还只是个跟班学徒，比你差远了。你要珍惜这个机会！身体暂时不好没关系，只要你好好调养，严格遵守作息规律，很快就能胜任学习要求的。我们小学同班同学曹正非今年考取了清华大学，他平时搞学习就不怎么熬夜，而是严格遵守作息规律，该睡觉就睡觉，该吃饭就吃饭，学习成绩却非常好，你要向他学习！"这是他第三次对我人生的勉励和鼓舞。

1964年我在师院发奋读书时，很想拥有一本《红楼梦》做深入研究。在当时蔡锷路的古旧书店，我正好看到一本陈旧的《红楼梦》，标价十五元，很想买下。他知道后，寄来整整一个月的学徒工资，为我买下了这本书。该书我保存至今，完好无损。

1968年3月，我被分配到醴陵一中从教，他特意跑来庆贺。那时正值"复课闹革命"，每天没几个学生来上学，课堂冷冷清清的，而且正在传醴陵一中即将撤销停办的消息，我很恐慌担忧。他抚慰我说："醴陵一中撤销停办，又没有撤销你，开除你，到头来不是还会把你安排到别的学校教书或一个适当处所工作呀，你就听从安排迎接新的生活吧。"他的抚慰使我很快释然了。

1970年3月我被重新分配至醴陵六中教书，1974年初老伴儿梅家庆也调到了醴陵六中教书。1975年他来看我们夫妇俩，高兴地说："现在我们都有了家室，有了孩子，都要珍惜美好生活，既要把工作搞好，也把家庭搞好，把孩子教养好！"我听了心里甜滋滋的。

使我感动的是 1976 年春，次子康康在一个大雪天小腿跌伤骨折，我带着五岁的长子健健和两岁多的次子康康搭乘汽车和火车深夜赶到他家诊治。他二话没说，急忙带着我们父子三人往株洲市中医伤科医院走。深更半夜，医院除了值班的医生和搞保卫的人员，空无一人，所有诊室的门都被锁住了，无法进去。他扭动着粗壮的身躯，从放射室窗口爬进去，再把我们父子三人拉进去。给康康的伤腿拍完片子后，他安抚我们说："还好，不是完全骨折，只是小腿骨裂。"给康康上药，上夹板包扎后他跑到院外为我们父子三人买来一大包糕点，给我们当晚餐和夜宵。最后亲自把我们父子三人送到火车站，还叮嘱我让康康继续按他的药方治疗。

1982 年我和老伴儿梅家庆被调入醴陵四中，不久老伴儿被推荐到株洲市教师进修学院学习。当时该校床位比较紧张，一时寄宿很困难。他和夫人张自明知道这个情况后，邀请我老伴儿在他家餐宿。他年迈的父母对我老伴儿更是悉心照料，无微不至，解决了我诸多后顾之忧，我得以在醴陵四中尽力竭心地工作，并照料两个正在中学就读的儿子。这一切使我非常感动，至今难忘！

1987 年暑假，我们夫妇被调回长沙二十九中工作，因忙乱，临行前我在电话里没有详细告诉他我们夫妇是被调到哪个学校。当时，他正好来长沙参加学术交流会，特意寻访到市教委组织科探问，得知后，马上跑来看我们并表示祝贺。当时我们一家连行李都没安顿好，宿舍住房也还没确定下来。他对我们一家的关切和行动速度之快，令我深为感动！

从 2019 年起，他因尿毒症经常住院治疗，有时病得很严重。2020 年 10 月 4 日，由康康驾车，我与老伴儿梅家庆一起去看望了病重的挚友。

听说我现在的居住环境很好，舒适优雅，他非常渴望到长沙来看看我的新居。那时他要靠坐轮椅行动，而我的新住房在六楼，没有电梯，所以我劝阻了他。没想到他竟然于去年 3 月 3 日去世了，没能让他来我家看看，见见面，是我的终生遗恨。

去年 3 月 5 日晚，由健健驾车，我与老伴儿去株洲田心殡仪馆参加了他的追悼会。他去世前，他的长女慧宇让我与正在医院抢救室接受抢救的他进行了视频连线，我非常悲痛，没有也不忍心将那段视频的悲惨图像保存下来。自从他逝世，我的心情一直不平静，时时在心底吟诵着他八十寿诞时我赠送给他的诗：

七律·唐兄鹏飞八十寿诞

敬你从医自学成，

待人宽厚最倾情。

株洲铁小瓜充饼，

长岛清斋币转羹。

细恙骨伤身救治，

荆妻业进府相迎。

仁心仁术名声大，

缘分深长若比兄！

啊，我的挚友，你在天堂还安好吗？

慈母恩深

去年是我的妈妈唐谷新一百周年诞辰。

1922年农历三月二十四日，妈妈生于湖南省攸县湖南坳乡田立村一个贫苦农民家庭。2000年2月8日凌晨，因突发心肌梗死，经长沙铁路医院抢救无效去世，享年七十八岁。妈妈七岁时我外公就去世了，四十岁时我年仅六十岁的外婆也去世了，备受艰辛苦楚。

妈妈自幼孝敬父母，聪颖好学，勤劳能干，会画画，会绣花，会纺纱织布，擅长烹饪，还无师自通地学会了缝纫剪裁技术。虽然她只在职工家属夜校有过短暂的学习，但达到了自如看书读报、写字通信的水平。直到逝世的前几天，她还能一个个地念出电视屏幕上的所有字，识字能力比一般的初中毕业生还强。

1947年底，妈妈与爸爸邹宗季的婚姻破裂，我随妈妈从乡下外婆家漂泊到衡阳。1947年至1951年，妈妈在衡阳火车站候车室服务部工作，做的是报刊书籍发售。1957年至1960年，她在株洲客运段食堂和行车公寓工作。1961年至1963年，她在长沙车辆段前身库列检职工食堂工作，那个时期的职工都熟悉她，吃过她做的饭菜。1964年至1971年，她在长沙铁路分局劳动服务中心针绣厂工作。遗憾的是，她一直是铁路部门的临时工，始终没有成为正式职工。妈妈大半辈子都在操劳中度过，待我们兄妹四人的子女出生了，她又帮着抚养。

妈妈虽然最终未能成为一名正式铁路职工，但她一直有着很高的政治觉悟，热爱中国共产党，热爱社会主义，热爱铁路事业，热爱长沙车辆段，特别感激车辆段家属区居委会对她的关怀和敬重。她关心国内外大事，直到发病去世的头一天，仍坚持收看《新闻联播》和各类时事报道节目。她不但自己爱好学习，还始终教导子孙要热爱学习，追求进步，要坚持以事业为重。

妈妈为人宽厚，热情好客，见人主动打招呼问候，即使对小摊小贩也一视同仁，以礼相待。她凡事为他人着想，为儿孙着想。1995年继父去世后，为了不拖累我们四兄妹的工作和生活，她执意独居在自己的住宅里，不肯住在我们四兄妹任何一个人的家里。她对我的外婆特别孝顺，对在老家的两个弟弟特别关爱。她还极富同情心。1998年特大洪水灾害时期，她几次主动将自己的衣物和零用钱托给居委会，捐献给灾区人民。

总之，妈妈在家是一位难得的孝女慈母，在单位是一个好职工，在街坊是一个好邻里！

妈妈一百周年诞辰，我为她在住宅做了祭奠仪式后，总忍不住翻看一篇篇怀念妈妈的日记，读来悲痛不已，泪流不止。现将这些日记摘抄如下，以悼念妈妈在天之灵，释放我心中哀痛。

2000年2月6日　星期日

上午11时外甥周新宇来电话告知我妈妈突发急症病危，我和弟弟玉德、二妹夫建国由健健开车急忙将她送至铁路医院急诊。抢救后住进住院部六楼内一科608室29床。送急诊室时，妈妈的血压只有28/54mmHg。

2000年2月8日　星期二

今早约6时母亲在铁路医院病床上悄然仙逝。她身上穿的毛衣，是二妹冬凤在她住院前两天从身上脱下来给她穿上保暖的。她去世那会儿我正睡卧在她的邻床，而她向着我侧卧，似乎在看着我入睡。早晨约5时我扶她上完厕所，她脱下身上的毛衣嘱咐我交还给冬凤妹妹，我没意识到什么，扶她到床上躺着。我睡上床时，她还嘱咐我："快把军大衣盖好，别着凉了。"而这竟成了她临终前的最后一句话。呜呼哀哉，哀哉呜呼！

2000年2月9日　星期三

二舅槐春、表舅丁光爱、表妹凤宜、表弟自成今天下午约3点半自家乡赶来长沙悼唁母亲，难得一片情意。

2000年2月10日　星期四

上午10时前将母亲遗体护送至金盆岭殡仪馆，10点半左右举行追悼仪式后火化，追悼会上宣读了我拟定的悼词。呜呼哀哉，哀哉呜呼，从此再也见不到亲爱的妈妈了，我心悲痛难忍！

2000年2月13日　星期日

几天以来，白天晚上都睡不着，头昏脑涨。眼前时时浮现妈妈的身影，脑中时时响起妈妈的话语。尤其一想起元月23日上午11时，她最后一次在我处歇息，离别时一再叮嘱我"要多多保重身体"，到街口冬凤妹扶她上的士时，她又特别嘱咐我"和家庆要好好过日子，两口子不要吵架"，我就要痛哭流泪。我知道这是她看出我这一段时间心情很不好，对我放心不下，难过着急。

那次她为了祝贺老伴儿家庆五十四岁生日，从元月20日至23日在我处住了三晚。这是她有生以来在我们现在这个住处住得最久的一次，未承想，这竟成了她在我处的最后一次歇息。那几天下大雪，非常寒冷，我要常往健健买在侯家塘的新住房跑，料理装修的事情，没好好陪伴照料妈妈，一想到这点，我就难过。呜呼哀哉！亲爱的妈妈，我再也听不到你的叮嘱和关切了。本来打算今年农历十二月十四日家庆五十五岁生日再接你来好好住一住，没想到这竟成了我终生的遗憾。你对健健新住房使用管道天然气和电梯非常新奇和向往，为你的孙子能住上这样好的住房感到高兴和骄傲，可是你竟然未能去参观一下，多么遗憾的事情。呜呼哀哉，哀哉呜呼！我怎么才能表达出我的悲痛心情呢？数天以来，我白天晚上都睡不着，你送个安详的梦给我吧！儿子如何能将你忘怀得了，我总觉得你虽死犹生，时时在我眼前，时时在我心中。你走后，我觉得自己在生理上、心理上都老了许多，也将不久于人世了，心中一阵悲凉。你在世时，我虽然也快六十岁了，但有你的时时叮嘱和关切，我总觉得自己还没老，还是个孩子，而你一去世，没了你的叮嘱和关切，我很快觉得自己是真正老了，快完了……

2000年2月26日　星期六

妈妈去世的伤痛总是挥拂不去，心情欢畅不起来。2月21日，我已经和玉德弟、冬凤妹将妈妈的骨灰送至殡仪馆，登记安排与继父冯子印的骨灰安葬在一起。大概是牵扯到妈妈的安葬问题，昨夜天快亮时，梦见妈妈去世的噩耗传到乡下，外婆悲伤得泪水滂沱。但外婆已去世三十七年了。

2000年3月9日　星期四

妈妈去世已整整一个月了。这一个月我神志恍惚，也不知是怎么过来的。今早去客运段打太极拳，却始终集中不了精神。下午提笔恢复练字，也只是写了两页就写不下去了。我一定不负妈妈嘱咐，逐渐恢复到正常状态。

杜甫《石壕吏》有言："存者且偷生，死者长已矣！"

2000 年 3 月 12 日　星期日

2 月 6 日上午，健健开着小面包车，我和玉德弟扶着妈妈去铁路医院急诊抢救。车行到人民路立交桥上时，妈妈已气息奄奄，断断续续地给我留下了一份遗嘱，大意有三点。她说：

一、我这一次可能是回不来了。伢崽啊，我走了，你们也不要难过。

二、平时我一听说你有这个病那个病，总恨自己何不快些走，总是想着莫把子孙折腾死了，磨死了。我走了，你要好好保重身体。

三、你和玉德虽是异父同母的兄弟，但要好好相处。他好可怜，被张喜英这个女子害得好苦！

当时妈妈的头枕在我的左手上，她总要我把手抽出来，说我的手会被枕麻木。我嘴里虽尽力宽慰着她，但心里有说不出的痛苦和焦虑……

2000 年 3 月 17 日　星期五

妈妈于 2000 年 2 月 8 日凌晨去世，至今已四十天了。

我拂不去难忍的悲痛，晚上白天都睡不着。每夜总是辗转反侧，熬着等天亮，白天也无意午睡，脑子里一片空白，昨日白天和夜晚尤甚。为了调整自己的精神状态，我只好白天晚上都找事做，不停地做，或不停地到外面走动……前天下午，龚继曾、周荆澜来家拜年，同时也是对妈妈的去世表示悼唁。

家庆今天上午去学校报到开会，正式上班，又一个繁忙的学期开始了。高级职称就要到手了，也更有压力了，她年底退休前，我就强打精神继续给她做好后勤部长吧！

2000年3月18日　星期六

这些天，每看见一件相关的物品，就想起妈妈，记起与她相关的事，继而想到她就这样突然地离开了这个人世，再也看不到她了，一切与她相关的物品竟成了遗物，就钻心般的疼痛。昨天晚饭前，我清理陈旧票据，看到20世纪90年代初的一张电流稳压器的发票和使用说明书，就记起1995年前后我将那台电流稳压器送给她，用于保护她那台彩色电视机时，她那高兴的样子。那台电视机是二妹冬凤给她用的，她看得很重。

更记起二十来天前的一个阴冷的下午，我去看她，因年深月久，那台稳压器失灵了，不能使用了，她吩咐我回家时将这台稳压器丢弃到垃圾堆。当时，她站立在二楼窗台前，头向外伸，仔细地叮嘱和指引我应把垃圾丢弃在哪里。那清晰的身影，亲切的声音，还深深地印在我脑海中。记得我按照她的指引，将稳压器丢弃在垃圾堆后，不放心她的情况，转头看她，只见她还站立在窗前凝视着我。见我回来，她又叮嘱我把帽子戴好，衣领扣好，别着凉了，还反复叮嘱我要坐中巴回去，说我年岁大了，腿脚也不好，并要从窗台上丢零钱下来给我搭乘中巴。我怕她被北风吹病，拼命叫她关好窗户进屋，并从裤兜掏出零钱给她看，说我有零钱搭中巴，但她还是迟迟不肯离开窗台，一直看着我往回走。

当时她还精神矍铄，没想到只有二十来天，就再也看不到她老人家了，我心中是一种怎样剧烈的疼痛啊……"谁言寸草心，报得三春晖！"睹物思人，能引起我对妈妈思念的事物太多，太多了，以至于我的悲伤痛苦是无穷无尽的……

2000 年 3 月 28 日　星期二

今天凌晨 4 至 5 时，又梦见外婆。梦境为妈妈去世了，念外婆孤苦伶仃，我将她从老家接来长沙居住。因其有一只脚指头溃烂，百方寻医为其治疗。醒后我深深知道，

24

这是因为妈妈生前时时牵挂外婆，给我留下的印象太深刻，所以又有了关于外婆的梦境。一想到今天凌晨的梦境，我一整天悲痛异常，真是人生几何，人生如梦……

2000年6月9日　星期五

夜晚9时许将油漆加工好了的家具从寄存处运回，至此，历时整整两个月的住房改造和装修工程全部告成，花费约五万元。看着新油漆的铮亮的家具和装修过后舒适的住房，想到妈妈再也不能来我们在朝阳二村的住所看一看，住一住，同我们一起为住房装修告成感到高兴，我心中不禁又一阵刀割似的疼痛和凄然。

这两个月忙于操持住房装修，心中的悲痛暂时得到一些缓解。现在房子装修好了，一切恢复到常态，睹物思人，我又时时悲从中来！我尽量保持平静，却始终不能平静心中的思念和悲痛……

2000年7月29日　星期六

妈妈去世快半年了。我悲伤的心绪一直未向任何人说起，也不愿在日记中书写了，无非是想淡忘下来，但我又实在平静不下来。我时时记起妈妈对我的嘱咐，对我的疼爱，时时记起我和妈妈一起经历的苦难，时时记起妈妈年老体衰时的种种苦楚、忧心和无奈。一想到妈妈就这样无声无息地离开了人世，我就感到万箭钻心般疼痛，近来尤甚。

这一段时间，天气晴热难耐，我常常想，早几年天气这么热的时候，也不知道妈妈到底是怎么熬过来的。我还想，假若她还活着，今年这么炎热她怎么能过得。我一想到1993年她患精神失常症住院治愈后，天天坚持到车辆段空旷场地晨练的情景，就非常感动。妈妈这种热爱生活、珍惜生命、自强自立的精神实在值得我学习。妈妈虽是个来自农村没有文化的妇女，但她好学上进，勤劳善良，最终能调整心态，适应社会，实在了不起。

我对妈妈的哀思，我对妈妈的怀念向谁去诉说呢？谁能理解我这个幼小跟随妈妈历尽苦难之人的情感呢？对妻儿们诉说吗？对弟弟妹妹们诉说吗？他们都忙，不会有闲暇听，也难以完全理解我的情感，而且过分倾吐恐怕连他们也都会认为我矫情。向他们倾诉，是要向他们表明我是孝子吗？是要求孩子们以后对我也要讲孝道吗？是想让他们和我一样长久地悲伤吗？这一切都不是我的目的。我要倾吐，我要诉说，只是因为我觉得妈妈在世时我对她的体恤不够，关心太少，未尽孝道，感到愧疚，感到痛苦，希望有人能理解我，宽慰我。

唐代孟郊的"谁言寸草心，报得三春晖"和现在流行的一曲《世上只有妈妈好》，怎能抒尽我心中对妈妈的哀思和怀念？但为了妻儿们的未来，为了弟弟妹妹们的未来，为了能使他们宽心舒坦地生活，今后我只能强颜欢笑，把愧疚、遗憾、悲伤、痛苦、哀思和怀念埋藏起来，淡化下来，日记中也不可多写了。连日记中也不能多写了的痛苦，是一种多么痛苦的痛苦啊！

2000 年 10 月 10 日　星期二

又是一本日记了。还是时时想起妈妈，近来夜梦中也连续梦见她，梦见她与我们同欢乐。

往年老年节时，我都要嘱咐健儿和康儿专程去看望她，给她带去一些吃用的东西。可是今年老年节，我们再也看不到她老人家了，我也不能对她再行应行的礼节了。这使我更深深地记起去年老年节的情景。

妈妈一辈子知恩图报，也很要面子。去年老年节，妈妈所在的妹子山社区唐主任代表社区给她赠送了慰问品，她非常高兴和感谢，郑重地要我这个稍懂笔墨的长子给社区写封感谢信。我怎么也没想到这竟是她过的最后一个老年节。看着那两三年她坚持锻炼、自强自立的情景，我一直以为她至少活八十岁没问题，哪想到她竟去得这样突然，这样快。我真深深后悔没多陪伴她走一走，看一看，没尽心让她开心欢乐，没尽力让她更长寿点，没能多理解她，体恤她，孝顺她。

"慈母手中线，游子身上衣。"妈妈对我的疼爱太深太感人了。妈妈去世前的三大遗嘱之一是要我"好好保重身体"。为了妈妈的疼爱，我也要坚持锻炼，习拳练剑，读书看报，习字学画，平稳心态，稳定血压，开朗豁达，好好活着。这也许是对妈妈最好的孝顺和安抚了。

2000 年 11 月 21 日　星期二

昨夜蒙眬中又梦见了妈妈。梦见她来到我们的住处探望家庆，坐在客厅东向木沙发上，与家庆有说不完的欣喜和欢乐。因为最同情和理解我这个从幼时起受尽屈辱和苦难的长子，妈妈也最疼爱家庆，为有家庆这样的儿媳妇感到欣慰和骄傲，为我感到幸运。正如中学校友黎列安所说的爱屋及乌。这一点也不知家庆可曾意识到？

妈妈，你去世快一年了，睹物思人，触景生情，我一天也忘不了你啊!

2000 年 12 月 26 日　星期二

这几晚又梦见妈妈，还梦见爸爸邹宗季，音容笑貌和一切为儿女着想的慈爱之心和生前无异。

每次梦见你们，我既兴奋高兴，又惭愧内疚，深深责怪自己在你们生前，对你们的心境、困难、希望和需求太不理解。而今我也进入晚年了，对这一切能有所理解了，你们却走了，我连个补救的机会也没有了。我是多么后悔，你们生前，我即使在物质上不能给你们最大满足，但在言语上我完全可以给你们一些温存和柔和，但我没有做到这一点，常常免不了冲撞和生硬。能说那时是因为自己工作上和生活上压力太大，心情太烦，很多言语、很多做法来不及思考吗？不是，这一切都不能成为理由。而今我有了深刻的人生体味，明白了一些人生道理，却已悔之晚矣……爸爸妈妈，假若你们还在世，我会懂得如何柔和地和你们言语了。

时时记得妈妈临终前两天，在去铁路医院的路途上对我的嘱托：要我把玉德和冬凤看作同父同母的弟弟妹妹。考虑到妈妈去世后，玉德弟弟和冬凤妹妹的生日从此不会有人提及了，玉德又是单身，所以今年 9 月 2 日玉德生日时，我邀请玉德父女来家吃了一餐晚饭。冬凤12 月 1 日生日，但她 12 月 3 日才跑车回家，那天晚饭后我同家庆一起去祝贺了她的生日。考虑到妈妈一生心疼芝娥妹，为她受尽了屈辱和苦楚，她老人家也最满意芝娥和德广两口子的孝心，最忧虑芝娥和德广的病体和困境，因此我准备于本月31日德广六十周岁时，去湘潭看看他们一家。这样做了，我心里才好过些。有道是"爹死娘不在，长兄如父"，我觉得这是我作为兄长应该做的。也不知道玉德、冬凤、芝娥是否能体味到我这一番心意？

我的妈妈没有退休养老金，晚年并无独立经济来源，平日省吃俭用，从20世纪90年代起先后为家庆、冬凤、芝娥、尹宁、李玮、刘莉出资置买了金首饰（戒指或耳环），给每人至少五百元礼金。在生命的最后几年，她又省吃俭用，暗暗将我们兄妹四人每月给她的生活费积存起来达万元。她连一块像样的手表和适用的彩电都舍不得买，即便这是她早就渴望的东西。我本计划好了为她办丧事时花上几千元，弟妹们和健儿、康儿也各出一点，结果她早为我们着想了，早为我们积存了万把块钱，没让我们做子孙的花费一分钱。一想到妈妈的这种慈爱之心，我就心碎，我就难过……

2002年4月4日　星期四

前天为妈妈扫墓回来，心里一直不平静。回想和妈妈相处的点滴，有几点使我感触颇深。

（1）妈妈一生经历了波折不幸，并总深深认为我自幼跟随她吃了太多的苦，遭了太多的罪。她老人家一提起往事就感到很歉疚。

（2）我自幼很顽皮，不爱学习，也不会学习，是非常不争气的，但妈妈经常夸我高考前那段时间非常发愤努力，是如何争气，称我现在的能力和自信来得是如何不容易。这使我非常感动。

（3）人世沧桑，苦尽甘来。后来我终于建立起了自己的幸福小家庭，两个儿子也很争气，妈妈为我感到高兴和欣慰。这使我感动不已。

（4）我自幼营养不良，体质虚弱，常有病痛。妈妈除为我砸锅卖铁，带着幼小的我寻医问药，弄营养食物给我吃以外，还常常叹息我身体不好，为我忧，为我愁。临到逝世前两天她还一再嘱咐我："要和家庆好好过日子，要好好保养身体，不要生病！"她逝世前的最后一句话是："伢崽，快盖上军大衣，别受凉了！"这不能不使我感动万分，悲痛不已！

可以说，妈妈终生都在为我这个不幸儿之忧而忧，又为我这个有幸儿之乐而乐。

2014 年 10 月 19 日　星期日

今日凌晨 3 时左右妈妈进入我的梦境。听说我病重，急匆匆闯入医院探视，白发飘散，衣衫褴褛，满院惊讶。医务人员将她引领至我病床前，我号啕大哭，哽咽良久。梦醒后久久不能平静，回想起她生前每周如期搬个小板凳，坐在屋前迎候我去探视她的情景，就不禁潸然泪下。那时我住在朝阳二村老宅，在八中当校长，压力巨大，一身病痛，因病住过医院，妈妈时时牵挂着我这个老儿的身体，每周我如期去探视她了，她才会释然言笑。

2018 年 5 月 9 日　星期三

今日天气特别奇怪，清晨多云有小雨，后转晴，气温高达 30 度，至傍晚狂风暴雨，电闪雷鸣，楼台家什被狂风吹得到处翻滚，有的树木被雷电劈折。上午十时我和家庆去金盆岭墓地祭扫，幸好下午三点钟之前就赶回家了，没碰上狂风雷电暴雨。

我和家庆在墓碑前上酒菜，上点心，上水果，燃香烛，点蜡烛，烧纸币，放鞭炮，心中充斥着无边的凄凉感。看着墓碑上妈妈的遗像，我心中有无限的话语要倾吐诉说……在那冷清的墓地，我忍不住双膝长跪，双泪长流，哽不成声。父母恩重，儿女情深，难以言表……

2019 年 8 月 6 日　星期二

今日下午冒着酷暑，到金盆岭将定制的《四字句祭祖韵文》石碑托付给堂侄喜云，于中秋节前后运回老家，竖立在祖父邹蔚阳坟墓前。

托付堂侄喜云将石碑运回他长沙的住宅后，我旋即到金盆岭墓地祭拜。我向妈妈报告今年 5 月 4 日她的外孙新宇生了个儿子，冬凤妹已做了奶奶，我和芝娥妹都为冬凤高兴。愿妈妈在天之灵保佑冬凤一家人平安幸福，保佑冬凤的孙子健康成长，前途无限！想到我已七十八岁，正是她老人家去世的年岁，不知还能到墓地来祭拜几回，不禁感慨万千，哽咽不已，心中自然而然地吟咏起去年扫墓时悼念她老人家的七绝《祭母》：

坟前哀切叫娘亲，踉跄躬身耄耋人。
一息尚存来祭拜，寸心难报暖晖春。

2022 年 4 月 24 日　星期日

今天是妈妈一百周年诞辰，上午与老伴家庆、长子健健、长媳尹宁、次子康康举行完祭奠仪式后，心情久久不能平静。

　　忠孝难两全。母亲晚年的时候,我在长沙市八中任校长,离家很远,忙起来就住宿在学校。老伴梅家庆在长沙市二十九中带毕业班,两个儿子都还在读书,工作和生活的压力都很大。老母知道我们兄妹工作都很忙,不肯拖累我们兄妹,坚持孤身一人居住在自己的老住房。她每个星期六傍晚都会搬条板凳,坐在家门口等我去看她,好知道我是否安康,工作是否顺利,而我常因工作繁忙使她的念想落空。还因为繁忙,在她暮年,我和老伴以及两个儿子没能与她拍摄一张合影,只留下她老人家晚年与我们兄妹两代人的合影,至今懊悔不已。而今怎么吟诵"母爱如山似海,感天动地",也难以表达我内心的感悟和悔恨!

　　"谁言寸草心，报得三春晖。""天长地久有时尽，此恨绵绵无绝期。"谨汇编上面数篇悼念妈妈的日记，以表达我的哀思。

依依惜别情

1986 年醴陵四中同事合影

　　醴陵四中是我工作过的所有学校中唯一没有被撤销停办的中学。去年她迎来了建校八十周年华诞，我不禁回忆起在那里难忘的工作经历，回味深深的依依惜别情。

　　1968 年底，我和老伴梅家庆当时在城关镇醴陵一中任教。醴陵一中在仓促中撤销停办后，我被调到偏远山乡的醴陵六中工作，一干就是整整十二年。原醴陵教育局局长颜爱德听了我的情况，感慨地说："他一个长沙来的，下去五年就应该调回来！"就这样，我们夫妇于1982年被调到城关镇的醴陵四中工作，我先后担任了该校的党支部副书记代书记和副校长。

1984年秋摄于醴陵四中

"文革"初期，醴陵四中的党支部书记是曾卓湘同志，1970年3月我调到醴陵六中时，他已先一年在醴陵六中任革委会副主任，不过该校的领导和老师习惯上还是尊敬地称他"曾书记"。1979年下学期他被调往同样在山乡的醴陵十中任书记和校长。共事期间，多亏了他对我的关怀和信任，使我没有产生过跳槽的想法，坚守了中学教育事业。他在醴陵六中工作的九年，我有八年被评为学校的先进工作者，先后出席县级和地级教育战线先代会。1981年6月我不负他的期望终于被批准加入中国共产党！1992年醴陵四中举办建校五十周年活动时，他被隆重邀请到主席台就座，很明显，他不仅是我爱戴的领导，也是醴陵四中教师爱戴的老领导，好领导。他知道我常常生病，活动中见到我时，高兴地与我握手，亲切地询问我身体和生活的情况。从那以后我就再也没见过他了。

2009年他不幸病逝，终年七十四岁。在我的拙书《园丁拾零》里，有一篇文稿《我的引路人曾卓湘》表达了我对他的深切崇敬之情。

醴陵六中与我同姓的前辈邹宜仁老师，原来也在醴陵四中工作，1979年在醴陵六中退休。解放初期他是醴陵泗汾乡的秘书，学历虽不高，但毛笔字和钢笔字都写得非常出色，吹拉弹唱也样样在行。他豁达上进，待人友善，教学方面研究深入，各门课程都勇于承担。他与我关系很好，我在心底视他为叔伯。我调到醴陵四中不久后的一个夜晚，他专程来询问我工作和生活的情况，给我赠送字幅"有志者事竟成"，杜甫的《绝句·两个黄鹂鸣翠柳》和他收藏了一辈子的《康熙字典》。我知道他书写杜甫《绝句·两个黄鹂鸣翠柳》是为了庆贺我们夫妇调到了美景如画的"翠柳"林一样的校园工作；而书写"有志者事竟成"是鼓励我好好工作，不要辜负同事、朋友和老领导的期望！他这不仅是对我的情谊，更是对素有盛名的醴陵四中的眷恋和期望，我被深深感动了！后听闻他不幸病逝，非常悲痛，2016 年 10 月 15 日于星城长鑫美树园住宅写下了以下三首绝句悼念他老人家：

教　诲

舞文弄墨品高翁，

书赠名言长者风。

悬挂至今仍受益，

音容常在我心中。

关　切

告老还乡惦记频，

盛芳园里夜专询。

精藏整套书交我，

伯叔仁心感愧身。

怀　念

若是天年九六春，

惊闻仙逝几吟呻。

坟茔安葬归何处，

好去陵前拜至人！

　　1987年暑假，我们夫妇被调回长沙，安排在长沙市
二十九中工作，从此离开了工作整整五年的醴陵四中。

醴陵市第四中学高82班全体同学毕业纪念·86年

我们夫妇启程去长沙的前三天，时任醴陵教育局副局长的曾隆刚和财会科宋孟生同志邀集他们数十个同学，在醴陵状元洲举办了一次活动，欢送我们夫妇调回长沙。

调回长沙时醴陵四中的同事还赠送给我们夫妇一只大型玻璃插花瓶，上面用红色油漆写有李传慎、贺力乾、刘幼群、张冰梅、贺瑞龙、张浩良和王斗元等人的姓名。三十五年过去了，我在长沙调动过好几个工作单位，更换过数十个居住地，可我一直把这只插花瓶摆放在室内最显眼的地方，一直完好地保存着！

启程回长沙那天早晨，醴陵四中副校长胡文诲安排车辆，指派工会主席刘幼群和语文组长余恩仕，将我们全家人和全部家具行李送到长沙市二十九中，一路非常辛苦。到达该校后他们还和司机一同忙着为我们卸货，一身大汗。他们知道当时情况下我们一家都忙乱得很，所以连我们家一餐饭也不肯吃，一口茶水也不喝，当天下午就赶回去了，我心里久久过意不去，至今难忘！

　　醴陵四中的贺力乾老师毕业于湖南大学，教务处员工，教过英语课，1985年退休前夕，六十岁的他经当时县委组织部特批加入中国共产党。工作勤勤恳恳，兢兢业业，柔声细语，少言寡语的他总是在别人有难时鼎力相助。我家和他家曾是邻居，我们夫妇调回长沙后，退休的他专程来到长沙市二十九中探望我们，并赠送土特产茶叶。2016年9月中旬我也专程回醴陵拜望了他。当时他已年过九旬，也在醴陵四中任教的他的女儿贺武老师说，他经常背诵入党誓言，现在每月最急的事情就是交纳党费！我曾作一首七律《拜望老同事贺力乾先生》赞颂：

离别先生数十年，

温情暖暖注心田。

昔时邻舍承关爱，

往岁同行共缺眠。

告老曾来探幼小，

高龄犹记誓言篇。

九旬多寿追随党，

钦敬忠诚贺力乾！

我在这里不得不着重说一说醴陵四中的胡文诲老师。他祖居醴陵城关镇，初中高中都在醴陵一中就读，与我在原湖南师院中文系同窗六年，在醴陵四中共事五年。他学业优秀，是醴陵四中第一批就评上语文教师高级职称的教师，很受学生拥戴。20世纪80年代即在《湖南文学》等报刊发表过小说，同事们多羡慕不已。此外，他还擅长乐器，二胡尤精。1968年3月我从师院分配到醴陵一中从教，人生地不熟，很是茫然，他先将我留宿一晚，次日亲自引领我到学校报到，熟悉环境，拜访该校名师贤人。在醴陵四中共事期间，他对我家生活关怀备至，常帮我购买实惠生活用品，教学上互帮互学。我们夫妇调回长沙时，他为我们操劳运送行李家具。我们调回长沙后，常与他通信息，互相勉励奋进向上，不负祖国的抚育栽培。我曾作一首七律《赠同窗胡君文诲》：

　　眼镜宽宽学养精，
　　梦中常见实诚卿。
　　六年岳麓同窗读，
　　五载瓷城共事行。
　　报到一中身引领，
　　调回省会影相萦。
　　风雷雨雪人生谱，
　　变故难能断友情！

　　2016年2月23日，胡文诲老师微信转发了一首他写的诗给我，也是七律：

　　春风五秩未曾疑，
　　岁月峥嵘染白髭。
　　岳麓峰头话远古，
　　盛芳园内育桃枝。
　　漫言当日勤挥墨，
　　却喜如今频赋诗。
　　应惜晚晴杨柳色，
　　感君缱绻报兄知。

在本文开头我写了，我工作过的学校中，醴陵四中是唯一没撤销停办的学校。我们夫妇调回长沙后，常在网上看到醴陵四中繁荣发展、兴旺强盛的信息，兴奋激动不已！如今醴陵四中已走过了八十年的辉煌历程，我也是八十岁的高龄人了，也许今生难得再有机会到醴陵四中了，这也使得我的依依惜别情倍增！

在此我衷心祝愿醴陵四中今后办得更有特色，为国家培养更多栋梁，取得更辉煌的成就！衷心祝愿这个美好校园内已经退休及还未退休的园丁们阖家幸福安康、心想事成！衷心祝愿这个美好校园内的莘莘学子学有所成，展翅高飞，大展宏图！衷心祝愿我在醴陵四中所教授过的同学们身体健康，生活幸福美满，子女天天向上，苗壮成长！

与新生倾谈红色周南

各位同学，大家好！祝贺大家进入周南中学！我很高兴，因为我很早就想与大家聊聊我们的周南中学了。

同学们，我想问问大家，你们知道周南中学是谁创办的吗？是朱剑凡。现在我着重为大家宣传介绍一下有关朱剑凡的革命事迹。

朱剑凡，湖南宁乡人，1883 年出生，明朝皇帝朱元璋的二十七世孙。他的父亲曾做过前清的兵部尚书，家中有良田万亩，屋舍成街。他十九岁到日本留学，留日期间，结识了革命者黄兴、陈天华等人，开始积极投入到革命中来。

由于受到进步思想的影响，朱剑凡思想开放，提倡男女平等，妇女解放。为了妇女解放，1905 年，二十二岁的他不顾清朝政府明令禁止办女校，冒着风险亲自创办了一所解放妇女的学校，这就是著名的周南女校。他要让受封建思想压迫的妇女走向社会，活出自己。但办学校，家里不支持，父母不给钱，他就自己筹钱，把属于自己的地卖了。为了支持他的革命事业，他的夫人把自己的嫁妆首饰全都卖出去，把钱交给他办学。他毁家兴学，投入了十一点一万银圆的资产创办周南女校，令人大为钦敬！

同学们，大家一进入周南中学，感觉她的环境怎么样？觉得很有气势，很美吧？确实很有气派，很美啊！这么气派，这么美的中学，不说在全省，就是在全国也是少有啊！我们现在就读的是处于开福区东北面的周南中学高中部，这个高中部是2000年之前经政府谋划，先后投资近五亿元兴建起来的，校园占地四百一十五亩。城区通泰街东面还有个初中部，叫周南实验中学，那是朱剑凡创办的周南女子中学的前身。朱剑凡毁家兴学，呕心沥血培养人才的事迹广泛流传，早年人们就创作了歌曲纪念他歌颂他，并在周南女子中学校园内建有剑凡堂用以纪念他。

朱剑凡的家虽然"败"了，但从他所创建的学校走出来的"女弟子"却足以让他名垂青史，如向警予、杨开慧、蔡畅、丁玲……这些女英豪，你们都知道吧？

同学们，从上面介绍的朱剑凡的事迹，我们感悟到周南中学的特色是什么呢？

我认为周南中学的特色就是"红色基因"，也就是为中华民族的崛起而不断奉献，不断奋斗，前赴后继的革命精神！

徐特立是我国现代革命家、教育家，他在周南中学任教时，为传承这种革命精神作出了杰出贡献。向警予是我们周南中学著名的女英豪，1936 年毛主席评价她是中国共产党唯一的女创始人，2009 年向警予被评为一百位为新中国成立作出突出贡献的英雄模范人物之一……

最近我写了两副楹联赞颂周南中学：

一

朱剑凡毁家创办周南，无数英才相映。

后来者强国追随至圣，众多蜡炬共辉。

二

效徐特立先贤从教，

承向警予志士创新。

同学们，你们是否觉得这两副楹联揭示了周南中学的鲜明特色呢？

无数的革命前辈为我们周南中学注入了永不褪色的红色基因，使我们周南中学闻名于中华大地。新中国成立以来，特别是改革开放之后，周南人传承红色基因，坚持"团结务实，创新进取"的优良传统，坚持"以改革求发展，以创新求发展"的办学思路，正以崭新的姿态，迈着矫健的步伐，把周南建设成为"校风优良，特色鲜明，质量一流"的现代化学校。

现在我们周南中学的航空班、男子和女子排球队更是享誉全国，名声越来越大。而周南中学国际部以周南中学为主体，通过与国外权威教育机构合作，引进优质国外教育资源和项目，全力打造湖南省乃至全国一流的特色国际高中。而今的周南中学，已成为长沙市基础教育的一个新的亮点。

同学们！现在你们都幸运地进入了周南中学，党和祖国对你们年轻一代寄予殷切期望。愿同学们在周南中学不负党和祖国的期望，努力学习，刻苦锤炼，再考入自己心仪的高一级学校，为中华民族的繁荣富强贡献自己的力量！

2022 年 5 月 10 日，习近平总书记在庆祝中国共产主义青年团成立一百周年的大会上，满怀深情，饱含期望地说："一百年来，在党的坚强领导下，共青团不忘初心、牢记使命，走在青年前列，组织引导一代又一代青年坚定信念、紧跟党走，为争取民族独立、人民解放和实现国家富强、人民幸福而贡献力量，谱写了中华民族伟大复兴进程中激昂的青春乐章。"

长沙市教育局团委书记胡平收看了央视对习近平总书记在庆祝中国共产主义共青团成立一百周年大会讲话的报道，动情地说："我将一如既往在教育战线上挥洒青春热血，始终如一坚持为党育人、为国育才，引领青少年牢记党的教诲，铭记历史，胸怀祖国，传承根脉，培根铸魂，用脚步丈量祖国大地，用眼睛发现中国精神，用耳朵倾听人民呼声，用内心感应时代脉搏，做信念坚定、志向远大的新时代青年，与时代同向同行、同频共振、命运与共，以青春之我，创造青春之中国，让青春之花在不懈奋斗中绚丽绽放。"

我们周南中学K2010班的杨菲风同学，收看了央视对习近平总书记在庆祝共青团成立一百周年大会讲话的报道后，激情满怀地说："青春孕育无限希望，青年一代有本领、有担当，民族才有未来、有希望。百年征程塑造了共青团员坚守理想信念的政治之魂。共青团紧扣党在不同时期的主题，紧紧跟党走，团结、锻造一切青春力量，唱响青春之歌，奋进新征程。中国青年一代冲得出来、顶得上去，体现中国青年自信、自强、敢于奋斗的青春激情。有责任有担当，青春才会闪光！"

同学们，作为周南中学的共青团员和学子，我们应把周南中学鲜明的红色基因和光荣的革命精神传承好，将来为中华民族伟大复兴作出我们应有的贡献！

青春焕发的古樟树

香樟树是星城长沙的市树。从 20 世纪 60 年代初修建韶山路起，长沙便开始种植市树香樟树。香樟树长青碧绿，青春不老，象征长沙人"吃得苦、霸得蛮、不怕死、耐得烦"的坚韧不拔的精神。

我最喜爱香樟树。记得幼时外婆家屋后的江边有一棵古老高大的香樟树，我常在它宽大的树冠下玩耍嬉戏，还学着独坐树下钓鱼。衡阳火车站前也有一棵古老高大的香樟树，我少年时期与母亲居住在衡阳，常在那儿观看旅客来往穿梭，清晨看着一群八哥鸟从古樟树展翅飞向远方，傍晚又成群地飞回古樟树，因而更思念故乡。

而今我居住的地方金汇园省税务局东门前，有一棵400年树龄，却依旧青春焕发的古樟树，每当我在这棵树下徜徉漫步，望着它巍然挺拔，生机勃勃的英姿，似乎能听见它向人们诉说着它无限幸运的动人故事。

故事刊登在《长沙晚报》。该报说，2006年7月6日，本报在A1版以《400年古樟遭遇"搬家"难题》为题，报道了雨花区洞井镇鄱阳村周家冲有一棵古樟树，正好位于新韶山路（原规划）西厢机动车道上，由于该古樟树的树基要比新韶山路的路基低8米多，就地保护存在一定困难，新韶山路建设指挥部曾组织相关专家3次到现场进行勘测，拟移栽古樟。因移栽古樟难以保证其一定成活，一些园林专家对此提出异议，本报对此事进行报道后，引起社会强烈关注，"让道于树"还是"让树于道"一时成为焦点，仅在见报当天，就有近100名热心读者打进晚报热线发表自己的看法，数百名读者在网上展开热烈讨论，近80%的读者主张"让道于树"。此事也引起市领导的高度关注，市规划、园林、建设等部门多次会商、修改，最终求得两全其美之策。规划将新韶山路往东偏移22米，使古樟"变"到道路的西边，并使道路的路基与古樟树距离5米。据新韶山路建设指挥部负责人介绍，为了更好地保护古樟，新韶山路此段路基高度将下降7米，使路基与古樟树的树基持平。道路的东移需要多开挖土石约15万立方米，为此需要追加投资约780万元，加上后期古樟树所在单位和社区修建保护设施，对该古樟树进行保养维护，费用达千万元以上。

古樟树所在地原先是长沙南郊一处偏僻的山乡村落，随着城市的繁荣发展，早已成为一个城市社区，而且被称作古樟树社区。

如今这个社区日益繁华，周边先后兴建了万境蓝山小区、嘉华城小区、长沙屿商贸文化建筑交流沟通中心，更有气派的长沙理工大学新校区。街道两侧餐饮娱乐场所，银行百货商店令人目不暇接。

美好生活给这棵古樟树也注入了强大的生机。随着古樟树社区的建设发展，这棵古樟树也愈发英姿勃发，充分体现了人与自然和谐共生。

如今，长沙地铁七号线正在日夜加紧兴建，省税务局东大门正好有一个地铁出入口，可以想象不久的将来，

这里的交通将变得更顺畅，街道更繁华，古樟树更郁郁
葱葱。看着七号线地铁施工的热闹场面，看着这经历了
历史变迁的古樟树，我似乎感觉到这棵古樟树正在张开
它巨大的枝丫，向所有看护过它的人们致敬，为而今的
幸福生活欢呼，并准备拥抱更加美好的明天，因而不由
得诵起下面这首七律《题金汇园东门古樟树影照》：

古樟四百沧桑岁，

让道于君千万元。

单位社区勤护树，

粗枝茂叶永扎根。

和谐强盛欢欣景，

同等繁荣幸福园。

人享百年千载树，

风光共览酒樽樽！

暮年荣获"优秀共产党员"称号感言

2022年6月18日上午学校党委通知我又被评为了优秀党员，我深受鼓舞。

党委负责人给我发来微信，说："请用微信发一张您心仪的个人生活照（原图）和一句感言或自勉自励的格言给我，以报学校党委统一宣传表彰。"

我已连续几年获得这个称号，为什么现在这么深受鼓舞呢？

我觉得我现在有这么股子劲头，是因为自2019年以来，对党员的信仰教育、初心教育等开展得更扎实、更深入，使我大受鼓舞。通过参加教育活动，我认识到自己虽然退休了，年岁大了，但党员意识不能退休，不能落后，不能掉队！

2019年10月24日参加学校离退休党员主题教育活动后，我曾写了一首七律《离退休党员主题教育活动》表达我的心声：

主题教育党英明，

踊跃参加众老兵。

使命初心长谨记，

担当奋斗永豪拼。

虽然体弱难为事，

依旧心红可发声。

微薄践行同筑梦，

尚存一息表忠诚。

其实，我退休后只是在家写写诗词文稿，做做宣传，或做小区的志愿者，帮助小区监督管理一下精神文明建设，干的都是力所能及的事情。各级党组织一直都很关

心我，关怀我，并没有强行要我这么做。而今我们祖国已走向繁荣昌盛，诗词文稿可写的内容太多了，我的那些诗词文字都是情不自禁地从心底流淌出来的，喷发出来的。我曾经写过一首七律《赞金汇园庆祝建党百年儿童摄影展》，歌颂我们当前生活的丰富多彩，幸福美好：

张张笑脸满阳光，建党高招百岁妆。

金汇园中添美景，同升街道赞贤良。

长江后浪推前浪，革命精神传四方。

世代继承红色谱，中华昌盛写新章。

在伟大建党精神的指引下，我感觉晚年生活更充实了，精神更饱满了，身体更安康了。

20世纪70年代，我在积极向党组织靠拢的过程中，曾写过一首题为《追求》的小诗："吃穿住用党恩深，孺子营生勿我斟。在世还需何所求？红旗指引长忠心！"今天我要将最后两句改为"华夏而今圆壮梦，党旗引领守初心"，以表我这个暮年老党员对党的忠诚和心意。

所以，今天我发给党委的感言和自勉自励的语句是：

（一）

世代继承红色谱，

中华昌盛写新章。

（二）

东方旭日放光芒，

田野山河换彩妆。

（三）

众鸟欢歌齐展翅，

辉煌万物共荣昌。

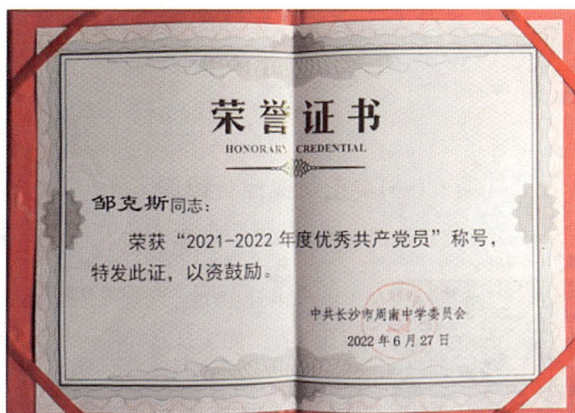

世代继承红色谱，
中华昌盛写新章。

日记五则

(一)樊正坤追悼会悼词

2018.12.15

我的同班同寝室的学友、学兄樊正坤，今天是你的追悼会，我万分悲痛。你是个诚恳、热心、达观、朴实，只为他人着想的好同学。我年事已高，腿脚跛瘸，深感体力不支，本来今天是不能来参加你的追思会的，但我还是坚持来了。

自 11 月 22 日胡文诲在朋友圈发送了夫人的讣告，你表示了吊唁后，便再也没有任何关于你的消息了。

11 月 26 日我从胡文诲处回来后，打电话给你，在我的苦苦央求下，你才告诉我，你已于十多天前住进了医院。11 月 27 日下午我去医院看你，只见你一脸憔悴，说话毫无气力，但精神尚好，豁达开朗。你告诉我 2015 年因直肠癌做了手术，本来情况很好，无转移，未复发，可是这个月却突然肠梗阻，不能吃东西，不能喝水，只好住进医院肿瘤科，靠输液和注射营养维持生命，早几天眼睛都睁不开，说不了话。

我是10月24号左右参加永州同学聚会时才听李玲说你患了癌症。

我真悔恨自己以前太不理解你，看了你在朋友圈和群里发的那些美好的池塘荷花，市场一瞥等摄影，看到你在朋友圈对每一个同学热忱的关怀，亲切的指导，大力的帮助，我还一直以为你是个非常健康的老人，有时还在群里和朋友圈里与你开玩笑，戏弄你。

现在我一切都懂了，你不把病情告诉我们，是不愿惊扰我们，以免我们为你忧心，你后来把微信昵称改为"樊哈哈"，是暗自以达观的态度、刚强的意志来战胜病魔。但我没有想到，不到二十天，你就这么悄无声息地走了！让我如何不懊悔莫及，哀哉痛也！愿你放下一切牵挂，一路走好！

其他同学，因为也已年事过高，身体病弱，而且都居住在外地，不能来参加你的追思会，我已向你的次子樊荣表示，在今天的追悼会上由我代表他们来表达对你的追思。

另外，胡文诲同学特别委托我表达对你的哀悼，他说:"正坤学友,一路走好!望家属节哀顺变。我因远离长沙,不能前来吊唁,请见谅。不胜悲伤之至,口占两绝。"

其　一

失伴鸳鸯懒赋诗,凄风惨雨过冬时。
又闻同砚添新鬼,百结愁肠只自知。

其　二

昔日戏言胡局长,鸡公反讽还哈哈。
养生垂钓何其乐,倏化青烟作紫霞。

(二)追念同行潘先麓

2022. 5. 12

　　潘先麓老师逝世好几年了,终年八十八岁。我与他只是同行,并未在一个学校共过事,只在县里组织语文教研活动时见过面。他比我年长十三四岁,是我的师兄师长之辈的人了。他于解放初期从部队转业到地方从事教育工作,在部队是文工团员和文化教员,转业后一直在中学教语文。他每天坚持写日记,即使是在县里组织语文教研活动的间隙也不间断。他说坚持写日记可以锻炼头脑思维，积累生活经验，增长学识，培养坚韧勤奋的品行。他要求他的学生也要养成写日记的习惯。他高挑消瘦的个儿，长长的脸盘，善拉二胡，网名叫"菩萨心境"。

前排右一为潘先麓老师

潘老师最先是在醴陵的王仙中学教语文，后来调到醴陵一中教语文。我的长子初中高中所在的班级都是他当班主任。他从不对学生实行高压管制，采取声色俱厉的教学方式，而是一如他平时的作风轻声柔语地教学，坚持把教学生如何为人处世、孝敬父母放在第一位。

潘老师教导他这个班的学生，每天早晨起床第一件事就是要亲切地叫一声爸爸妈妈，然后向爸爸妈妈问好。我高兴地看到，由于他把孝敬父母的理念深深地植根在学生的心田，所以现在我的孙子辈对我的儿子媳妇和我们做爷爷奶奶的也都很孝敬。而他这个班的学生不负众望，在校时学习都很优秀，毕业后大都很有才干。他的生日是公历2月3日，在他生命的最后几年，他这个班的学生，每年都为他举办寿宴，十分令人感动！

潘老师爱好书法和诗词，我们常常在网上交流心得体会。他多次对我说："书法是长寿气功，值得坚持！"他还对我说："感情真挚就是诗！你的诗都是自然流露，一点也不做作。"潘老师不但把为人处世和孝敬父母的理念深深地植根在我长子的心田，也给了我诸多书法和诗词方面的勉励和教诲，令我久久难忘！

潘老师已逝世好几年了，我由衷地感谢他对我们父子两代人的勉励和教诲，愿他在天堂安好！

(三)晚年学电脑也是美事

2022.5.27

渐渐步入老年阶段，本无意学电脑，认为空闲时间不如搞点健身养生的活动。最初有意学电脑是2008年8月，突然想学电脑打字，以便整理一点文稿，但并未下决心马上就学。

放眼当时城市乡村男女老少，使用电脑者已越来越多。从人们的谈论和媒体的报道中我得知，用电脑看新闻、看电视电影、查资料、写作、交流沟通，乃至邮寄书信图片、采购物资等，确是一件乐事、美事。这使我更有意学电脑。

当年电脑已经普及到了各个行业和各类群体，学电脑用电脑已成为新时代的风潮，不会电脑已是新世纪文盲无疑，就连我家和邻居的小保姆都无师自通，熟练地使用起了电脑。我才入小学的小孙女和小孙子也津津有味地玩起了电游，共青团中央和他们的学校联合发出通知，收集社会和家长对孩子们玩电脑的看法。这使我感到，如再不掌握一点电脑知识和技能，"代沟"就会更加深，遂于 2008 年 11 月初一边参加培训班，一边自学电脑。

在培训班学了小段时间，我感觉很不适应，便放弃了，采用完全靠自己看书、看教材的方法学习。

在两个多月的深入学习中，我深深体会到电脑里面充满着令人着迷的知识和技巧。学电脑用电脑很容易消磨时光，但时间控制得当，也不愧是一种延年益寿、健脑强智的好办法。这使我更坚定了要把电脑学下去的决心。

(四)祝福孙女孙子

2022. 6. 15

2014 年 7 月，孙女扬阳和孙子嘉玮都被雅礼实验中学（以下简称雅实中学）录取，而且分在了一个班。看着他们一天天长大，一天比一天懂事，看着一些宝贵的品行正在他们身上逐渐形成，我真感到高兴。

孙女扬阳心地善良，记得她五岁左右的一天早晨，我送她去幼儿园，在路上捡了一只从树上掉下来的小麻雀给她玩。那只小麻雀看起来刚出生不久，一身绒毛，眼睛都睁不开。她犹豫了一下，心痛地说："爷爷，我们还是把这只小麻雀送回那棵树下去吧，它妈妈可能正在伤心呢！"我们刚把那只小麻雀送回树下，麻雀妈妈闪电般从树上飞下来，用嘴含着小麻雀飞回到了树上的鸟窝，并且"叽叽喳喳"地叫唤着，好像在对我们表示感谢，我们的小扬阳也欢乐地笑了起来，跳了起来！

扬阳小学快毕业时，我发现她有一个最大优点，就是是非观念非常强：什么事情对，什么事情错，谁有什么优点、长处，谁有什么缺点、短处，她都能说得清清楚楚，用词也很恰当。而且她人缘非常好，女孩子们都喜欢和她玩，从没听她说过和谁闹过别扭，即使是她内心最不喜欢的孩子，也能给人家提供方便，帮助人家，容忍人家。此外，这个小女孩很重感情，她被雅实录取后，几次去她的母校育新小学看望老师。进了雅实之后，她主动去寻访同在雅实的原幼儿园同班同学。

从读小学起，起床、就寝、更换衣服、洗澡、梳头，她都不要大人操心，现在她的自理能力更强了。她热爱漫画，无师自通，从幼儿园起便开始作画，到雅实后她如愿以偿地被分配到漫画兴趣培训小组，高兴得不得了。

至于孙子嘉玮，这个小精灵也有很多可爱之处。记得他小时候身体差，胃口不好，常常不好好吃饭，我问他，你在幼儿园怎么饭吃得那么好呢？他振振有词地说：那是老师硬要我们吃，吃完一点，老师又拿饭勺舀一些放到我们碗里来，没得办法，只能吃！有时我提早一点接他从幼儿园回家，他总会忧心地说：我还没吃点心！并不是他舍不得幼儿园那点点心，也不是担心家里没有东西给他吃，而是说明他从小就知道，老师要求做的事情必须执行，不能违规违纪！小学一年一期刚开始时，有一天早晨，我送他去上学，走到校门口时已经在举行升旗仪式，他在围墙外看见正在冉冉升起的国旗，立即立正，向国旗行队礼，神情庄重严肃。我看了非常感动，心想这小家伙不错，牢牢记住了老师的教导，热爱国旗，热爱祖国！

2014年下学期，他和扬阳双双被雅实录取。刚开学不久的一天，我接他到伯伯家吃午饭，他急着去向班主任请假，说凡是在学校吃午饭的，中午外出必须向老师请假，而且中午学校有值班的同学清点各班在学校吃午饭的人数，检查各班在校人员的纪律。我又想这小家伙不错，有点纪律观念，知道要守规矩，怕损害班级荣誉，集体荣誉感强！从第二周起，我们向他的班主任请了固定假，让他每天在学校吃了午饭后到伯伯家午睡。第一天午睡时，他对我说："爷爷，奶奶说我在客厅午睡时，要你把空调关了，免得我受凉。"每天中午，他爸爸都会来电话催促他午睡，有一天中午他接了他爸爸的电话后对我说："爷爷，刚才爸爸在电话中要我问你，这两天你胃病好些没有？"我又很感动，这个小家伙这么听他奶奶和爸爸的话，能把他们的话当作一回事，认真地执行，传递爱心和孝心。

2014 年 8 月 24 日，嘉玮在雅实报到时，验交的入学作文题目是《新的世界，新的我》，在文中他写道："……我喜欢生物，初中有《生物》这门功课我很高兴，因为我的理想是当一名生物学家。在雅实我要努力学好生物这门功课，积极向我的理想前进……"录取后，他如愿以偿地被分配到生命科学兴趣培训小组，高兴得不得了！为了学好生物这门功课，那年 9 月 20 日，他利用双休日，把原来老爷爷邹宗季给他伯伯和爸爸买的日本版少儿科普读本《植物》和《动物》找出来，又认认真真地看了个遍，说是预习预习《生物》这门功课的内容。他对生物课的这种热爱、专注和执着，多么令人欣慰！开学军训时班级举行拔河比赛，他跃跃欲试，但因个子比较瘦小，班主任没让他上场，他有些失落，后来学校搞班级体育活动比赛，他踊跃申报了自己的拿手项目跳绳。这说明他力求上进，有很强的集体荣誉感。

嘉玮四五岁的时候，有一次他的奶奶感慨地对他说："你们一天天地长大，爷爷奶奶就一天天地老了！"可爱的孙子嘉玮着急地说："我不长大，不要你们老！"

自然规律不可抗拒，现在我们可爱的孙女扬阳和孙子嘉玮都已长大成人，我也老了，腿瘸眼花体衰。衷心地盼望我们可爱的孙女扬阳，孙子嘉玮在党和国家的培育下，保持和发扬他们幼年时养成的优良品行，学有所成，学有所为，将来为党和国家作出应有的贡献！

(五)少年伙伴孙佐孝

2022. 6. 26

2006 年 2 月 24 日，气象预报天气晴好，尚在农历正月期间，早晨 8 点钟，我与老伴家庆专程去了一趟株洲，看望少年时代的邻居伙伴孙佐孝。去程乘坐豪华大巴，返程乘坐晚 7：30 从株洲开出的 K536 次广州至重庆的火车。

长沙 華昌 1965

孙佐孝小名叫"狗崽"，比我小五六岁。其父孙如山，株洲铁路车辆段电焊工，已去世二十多年。1951年前他家住株洲铁路部门的宿舍茅屋街94号，我们家是95号，为同一栋平房的同一单元。

那时我就读于株洲铁路第一小学，他在株洲铁路第二小学就读。因为家里都很穷困，所以我俩便在宿舍区坡下撂荒的土地上开辟了一大块菜地，每天放学后忙着种植蔬菜，施肥浇水，我还要帮着妈妈照顾幼小的弟弟妹妹。冬天我会常到他家与其围坐在一起，听他父亲讲民间流传的"田螺姑娘"之类的神话寓言故事，交往比较多，所以我俩的情谊很深。

我与孙佐孝整整三十八年没见面了，最后一次见面是1967年冬天，那时我还在湖南师范学院等待毕业分配，他特意到学校来看望我。最近几年我苦苦寻访他都没有结果，因为我们原来居住的铁路部门宿舍都已拆迁改建，他已提前退休，没人知道他的情况。我曾打电话给株洲车辆段人事处，探询其父孙如山一家的情况，对方告诉我，他有个女婿在株洲火车站工作。直到去年12月19日我陪同内兄家驹前往醴陵探亲路过株洲火车站时，才终于从孙如山女婿，即他的妹夫处探询到他的确切住址和电话号码。他妹夫告诉我孙佐孝当时住在株洲市白石港建设北路石峰大市场一带，并告诉我孙佐孝的妻子姓祁，一问便会知道。

孙佐孝的母亲原来独自居住在茅屋街新住房，因脑中风数年卧床不起，春节后孙佐孝又回到茅屋街新住房专门看护他母亲去了。他这个做长兄的，退休后一直在尽心地陪伴和照料着他体弱多病的老母，是他们五兄妹的好榜样，孝心感人。

哪知相见之后，他本人的身体状况更令我心忧。他当年三月满六十岁，头一年已办六十寿酒。他嗜烟爱酒，面部黝黑，毫无血色，肥胖臃肿，走路气喘吁吁，蹒跚摇摆，除了眼神是我熟悉的那种亲切和灵气之外，在路上相遇我肯定认不出来他，完全没有了他少年时代那副青春、血气方刚的模样。尤其是他说一句话，喘一口气，上一级楼梯，停歇一阵的情景，叫人揪心。好在他说话底气还足，言谈举止，诚挚仍如烈火，朴实如初，诚所谓"岁月流淌，真情不变"。

我和家庆从孙佐孝家出来后，于晚上 8：40 抵达长沙，然后再分赴在侯家塘的住宅和长鑫的住宅"报到上班"，照料幼小的孙子孙女。室外阴雨绵绵，我自见到孙佐孝后，心情也跟阴雨绵绵的天气一样，久久难以平静，忧

1967. 南南革命烈士公园

心忡忡。第二天即 2006 年 2 月 25 日，下午 4 时左右，我特意去电话给孙佐孝，再次劝告他：一、戒烟戒酒；二、每餐只吃七分饱，至多八分饱，实行减肥；三、选择适合他本人的方式适当运动。

他家和他本人可说是"苦尽甘来"。他家原为五兄妹，其大弟二伢崽去年逝世，如今他本人和兄妹三人生活无忧无愁，弟妹们对他都很敬重，可他本人的身体状况却实在令人心忧。总之，我希望少年时代的伙伴孙佐孝一定要多多保重身体，但愿好人如他者，长兄如他者，孝心如他者，健康长寿！

纪实文学篇

装修工陈哥

2018 年早春，我路过北区集贸市场去办一件事，听到一个熟悉的声音叫我："邹爹！"

我反转头走过去，建材铺里一个男人正笑眯眯地向我打招呼，个头瘦小，快四十岁的样子。我愣了一下。

"不记得啦？那年我到你家装修，整整搞了两个月。我比你长子大半岁，他叫我陈哥。你说我和你长子同庚，兄弟相称，真是缘分，说得我好感动，好难忘！"

哦，我记起来了。

我按捺不住兴奋地问："你怎么会在这儿？"

他也高兴地说："这是我开的建材商铺。快，快进来坐坐！"

我毫不犹豫地走进他的商铺坐下，观看着他商店满满的物资和生意兴隆的景象，感慨万分。

那是 2000 年 4 月，长子将他在侯家塘的新住宅装修完后，领着一帮人员来到朝阳二村，帮我改造和装修老住宅。我看着这个装修包工头，个头矮小瘦弱，很怀疑他的组织号召能力和手艺。但后来的事实改变了我的看法。

我们那幢老住宅是 20 世纪 70 年代水泥预制板结构的住房，改造和装修很费事。安装的木地板框架，木楔老是松动，木地板也就跟着松散。包工头很着急，愁闷了一两天。一天早晨，他早早地抱来一捆用水烹煮过的楠竹片，把它们削成一个个竹制楔子。然后他把那些木楔子全部拔掉，重新使用竹制楔子安装木地板框架。装好后他不放心，还在一块又一块的木地板上使劲蹦跶，看看地板是否还松动。梅氏老伴事后称赞道："这个小包工头，个子矮小，办事却这么较真，难得！"我后来问他："你怎么想到用竹制楔子，还用水烹煮楠竹片再削成楔子？脑筋这么好使，读了多少书？"他不好意思地说："我初中都没读完嘞！那时家里人口多，生活困难，要跟随大人做事。楠竹片用水烹煮一下更耐用，而且不容易生虫，凡事嘛，只要多琢磨，办法总是有的！"后来，他的这一句"办法总是有的"，竟成了我的座右铭，鼓舞我解决了不少难题！

我在陈哥的商铺不停地观赏着感叹着。这时走过来一个满面笑容的女子邀请我进里屋喝茶，茶几上摆着水果点心。陈哥介绍道："这是我堂客，家里还有个女儿，正在上高中，寄宿。现在改革开放正向纵深发展，国家经济搞得很繁荣，我家的生活过得也很不错。"我忍不住问陈哥："你怎么想到开建材商店？开了多久啦？"

他说："在你家搞完装修后，我就筹谋开建材商铺了。我个头瘦小，做装修包工头指挥伙计们不太灵验，单独做装修工力气又不大，难以保证装修质量，所以我不适宜搞装修这个行当。但我做过装修工，熟悉建筑材料的门类和质量，开建材铺为客户高质量服务很有优势。"

我听了由衷钦佩，感叹一个人天生条件由不得自己，但只要与时俱进，因时制宜，不懈努力，就会不断获得成功。

倾谈了好一阵子，我起身去办事情，临走时我看见他两口子忙着为顾客折价退还多余的瓷板和铝合金材料，赞叹这两口子真不简单，既为国家节约了资源，又为顾客减少了资金的耗费，广开生意门路。

前一段时间我在院子里碰见单位的工会主席龙爹，他念叨：你家老大装修房屋的包工头就是我介绍的，搞得还满意吗？这个伢崽叫陈平化，我至今还记得他的名字，不抽烟，不喝酒，不占便宜。我家房屋的装修是他给我搞的，也是别人介绍的。他虽然个头瘦小，但真诚热心，工作从不怠慢马虎，质量有保证。他为我家做的房屋装修，一直没出现什么毛病，现在还有人称赞，打探是哪位包工头给我做的装修!

我回应:"是啊,一个手艺人,只要对主户竭心尽力,真诚相待,就会声誉流传,生意门路广开!"

清洁工王姐

我居住的房屋三层楼，面积很大，三百多平方米。我和老伴年岁大了，儿孙辈不常在身边，自己搞卫生很吃力，需要请清洁工专门搞卫生。先前请的清洁工，不论男女做事都令人不满意。现在请的这个王姐，在我家已连续搞了三年卫生，每月定期搞两次，每次一搞就是一整天，手脚不停，干活很卖力，令人喜欢。她三十来岁，名叫王利民，身材高挑，容貌秀丽，说话柔和甜美。我见她很辛苦，就常与她聊聊天，好让她放松一下，因而知道了她的一些情况。

有一次，她干活的时候，看见我的线老是穿不进针眼，便跑过来帮我穿针。我很喜欢她，便问："你好能干，是哪里人？"

她回答说："醴陵人。"

"家里情况怎么样？父母怎么样？"

"唉，很不幸，我是一个弃婴。刚出生不久，就在一个夜晚被生父生母放在了养父养母家门口。养父养母很疼爱我，他们是县城瓷业工人，都是残疾人，生活穷困。我生父生母是农村人，但经济条件很不错，在我很小的时候他们就知道我的艰辛情况，可是他们对我不问不管，我说不出有多心酸。"

"那你以前生活是个什么情况？"

她不无懊悔地说："杨老师，说来不好意思。我因为在职业电子高中学习时结交了几个女同学，毕业后就跟随她们来到离这不远的一个城市，干过很多行业。做过服装模特和文艺表演队员，每天蹦蹦唱唱的。做过美容行业，给人化妆，修手指甲，修脚指甲，等等。做过营业员，销售服装鞋帽，房屋楼盘。过的是灯红酒绿的生活。"

"你后来生活是个什么情况呢？"

"后来呀，我先后谈的几个男朋友都吹了，他们有的已有家室，有的品行不正，令我痛恨鄙视，往事如梦！"

我一阵凄然，又问："你受挫折后，情况怎么样呢？"

她回答说："我后来就来到省城做清洁工了。开始是在一家清洁公司打工，工作定额不怎么有保障，收入也不稳定。后来，我就脱离那家公司，自己单独按预约做宅洁工，每天都有事做，收入也稳定多了，饱和多了。"

有一次，快过中秋节和国庆节了，她干完活准备搭地铁回住地，我问她："中秋节和国庆节回醴陵吗？"

她说："当然回！我的养父已去世十多年了。我要多回去看看孤身一人的养母，多陪陪她。"

最近一次，她干完活准备出门回去时，一再叮嘱我："阿姨，你年岁大，视力和听力都不好，又是疫情防控期间，平时要少出门，出门时最好带根拐棍！"我很感动，关切地问："那你今后打算怎么办呢？"

她不好意思地对我说："我呀？不再想入非非，向往那种灯红酒绿、光怪陆离的生活了。有合适的男朋友，我会与他结婚组成家庭，陪伴养母，侍奉养母，报答她老人家的恩情。"

我很欣慰，拉住她的手让她坐下，说时间晚了就在我这儿吃了晚饭再回去，并试探着问她："这个工作你会继续干下去吗？你不会嫌弃吗？"

她笑着，爽朗地说："肯定会继续干下去！我现在这个行当，虽然很辛苦，但也有成就感，幸福感。这不需要什么成本，主户们都很喜欢我，一年到头都有主户和我预约，收入稳定可观。哪一年没力气了，我就申请开办一个宅洁公司，组织大家一起为主户服务，收入只会更可观。"

我听了她说的话，感慨万千：是啊，人在哪儿摔倒，就在哪儿爬起来。男儿如此，女子也一样。

张博士

开 篇

2018 年春天，我大学的同学顾文威从瓷城打来电话对我说："我们这里有个叫张克胜的老师，你认识吗？"

我回答说："怎么不认识？他是我在瓷城洪山中学的老同事，绰号叫'张博士'。他好吗？"

同学在电话里兴奋地说："很好！他退休后每天和我在一起搞健身活动。听说我是师院中文系 62 级的，就问我认不认识你。当他知道我们是同学，并在瓷城群芳中学共过事，就高兴地要我邀请你来瓷城聚一聚。"

我激动地说："好呀，从 1987 年暑假我调回星城起，已经三十年没听到他的信息，没见过他了！一会儿，我在微信里发一首思念他的诗给你，请你转交给他阅看。"

接听了同学顾文威的电话后，我心情久久不能平静，脑海里时时浮现出张克胜老师的种种情景和故事。

张克胜老师中等个儿，身体壮实，脸色黝黑，性格爽朗豁达，热心，儒雅，博学多才。1970 年他是个四十来岁的半老头儿，我和他被下放到水口农场锻炼。那年冬天清理阶级队伍时，农场负责人宣布免除对他的批斗，遣送原籍从事生产劳动，通知宣布后却多日不见他的人影。那位负责人很着急，猜测他已独自回原籍了。知道我和他是同事，就派了另一位同志陪我去他原籍看看情况，并要我们将张克胜老师的遣送通知书送交当地有关部门。

我和那位同志来到他原籍新化县岳父家里，他不无幽默地对我们说："你们不要担心我想不通寻短见，也不要担心我生活不好。我的问题究竟是什么，有多大，我自己最清楚。我岳父是大队书记，我老婆原来是瓷城的小学教师，现在带着儿女被下放到瓷城荷花农场。他们都对我好，看得起我。我懂农业技术，本地社员也对我很好，看得起我。只要我在这里好好干下去，生活肯定是没问题的。"

我听后从内心钦敬他的自强和自信。可我将他的遣送通知书送交给当地军管会时，负责的军代表以张克胜老师在当地无任何直系亲属，遣送方事先又未给他们打招呼为由断然拒绝接受，要我把人带回遣送方。我当时患有严重胃病，张克胜老师也是严重胃病，平日我们经常交换治疗胃病的经验和体会，相互提醒按时服药治疗。

我本来对他有好感，同病相怜，乐得如此。便请那位军管会代表在通知书上签个字以便回去交差，没想到那位军管会代表毫不犹豫地就签了"送回原地"几个字。更没想到的是，我把人带回瓷城后，瓷城军管会的军代表郭科长，二话没说，大笔一挥签了"安排到荷花农场"几个字，竟然使张克胜夫妇和儿女团聚了，乐得他笑开了花！

原来张克胜老师被遣送之前，已偷偷来过荷花农场，将一份离婚协议书交给了他的夫人魏老师，说如果一旦牵连了魏老师，随时可以自由处理。

我问："当时魏老师是什么态度？"

张克胜老师说："她一手牵着一个男孩，一手牵着一个女孩，说你放心，我们等你回来！"

我也乐了，心想原来如此！

学　识

后来张克胜老师从瓷城水口农场调回洪山中学教语文课，也教生物课、化学课，他老伴也调回到福星小学任教，两口子更是喜不胜喜。有一次，校刊发表了我的一篇稿子《征兵首长来我校》，他看了称赞道："宣传报道就是要抢题材，要有号召力。你这篇文章写得不错，很有鼓舞性！"我很感动，想知道他是怎么读书的，都读过哪些书。

后来我在学校保管室里看到了他那一大堆被封存的书籍，很震撼。他是烈士子弟，从小孤身一人，没读过多少书，初中文化而已。解放后，他在省教育厅任报刊编辑和记者，基本上是自学成才。1957年，他被定为偏右分子后，被调到瓷城洪山中学任教。我翻看过他这些书籍中的汉语言文学自学教材，上面密密麻麻写着读书心得和标记的读书符号，大大超过我们这些当年在正规高等院校学习这类教材的深度和劲头。除了汉语言文学教材，他还有大量关于建筑、农业、雕刻、医药、天文方面的书籍。于是我便知道了他惊人的才学来的是多么不容易！后来我问他："你学这么多知识，是个什么想法？"

他说："我们当教师的，常给学生说知识就是力量，知识改变命运，艺多不压人。现实生活同样如此。用自己学的知识去为人民服务，那是一种多么快乐和幸福的事！"

有三件事证实了张克胜老师博学说的意义。

一次，我们附近一个年轻社员被蛇咬了，伤口处肿胀腐烂，很危险，请人医治了好久不见好转。他得到信息后说："我去试试！"结果他用几种草药让这个年轻伤员外敷加内服，不想没过几天就好了，那个年轻社员一家人感激不尽。

又一次，我们附近一个中年社员患肝癌去世了，户主准备拆迁房屋，并准备请风水先生看风水修建新住宅，因为该户祖孙三代都有人患肝癌去世。他听到这个情况，装着上门去聊天，劝他们说："人得病，包括患肝癌之类的疾病，主要是精神状态和卫生状态出了问题，与住房风水没什么关系。风水学是一种唯心哲学，看风水只是一种精神安慰，自欺欺人。你们家有人患病去世，已经用了不少钱，再去拆迁房屋，修建新住宅，不是又要花费不少钱吗？有没有这个必要啊？"该户主听从了他的意见，不拆旧房建新房了。现在该户主家兴旺发达得很。

当年我们洪山中学并无自来水享用，饮用水全靠从山坡流下来的一股泉水，当地称这股泉水为神水。说来也怪，有些患有胃病的教职员工，在这儿待的时间久了，胃病自然而然就好了。当然，我和张克胜老师的胃病也好了。于是，张克胜老师与另一位教生物和化学的修纪章老师，一起化验了这股泉水的化学成分，原来这股泉水里有一种化学成分叫镁，而正是这个镁有利于治疗胃病，大家心中的一个谜底终于揭开了。

篆　刻

洪山中学地处偏僻山乡，经济文化都比较落后。除了个别大队干部、生产队干部有名章外，一般社员哪有什么名章，签个合约或文书只能按手印。要盖名章也只能到县城雕刻店定制。这些情况，张克胜老师都看在眼里，记在心中。

我和张克胜老师都是洪山中学的常住户，寒暑假基本上都是全家在学校度过。

一个暑假的清晨，阳光明媚，学校周围山坡的树林茂密青翠，鸟语花香，真是个难得的好天气。我来到他家与他商量事情，见他趴在书桌上津津有味地搞雕刻，字面是篆书"为人民服务"。我羡慕地说："专心搞篆刻哪！"

他头也不抬地说："暑假比较清闲，趁着这么凉爽的天气学一学。篆刻是我国独有的传统文化艺术，已有三千多年历史，可以抒发感情和表达理念，还能健脑，训练脑和手眼的配合协调。我对这门艺术不太懂，还需要多多用功。"

我就请他为我刻一枚私章，他爽快地答应了。暑假结束开学时，他给每一个教职员工赠送了一枚"为人民服务"的篆刻印章，大家都欣喜得不得了。当然，他还赠送了我一枚隶书名章和藏书章。

从那时起他不但自己用功学篆刻，还带着他十岁左右的儿子用心学篆刻。后来他还在寒暑假办起了免费的学生培训班，让他们刻写"为人民服务"的篆书印章，赠给家长和亲友，将"为人民服务"的理念永远种植在学生和社员们的心田，让雕刻的技艺在偏僻落后的山乡得到传承，此事在学校和瓷城教育界传为美谈。

后来我就把我所购买的书，盖上张克胜老师为我雕刻的藏书章。说来也挺有意思，我的儿孙们往往买有和我相同的书籍，他们的书籍不见了，常常询问我是不是拿了在阅看。我就说："你们的书怎么会在我这里，我的书都盖了藏书印章，不信你们可以看我书上的藏书印章。"

儿孙们看了，感叹地说："好精致的印章，多少钱买的呀？"

我着重对我的两个儿子说："不是买的，是瓷城洪山中学张克胜老师雕刻的。这个张克胜老师你们都认识的呀，你们就是在洪山中学长大的呀！"

儿孙们听了，向往地说："要是我们也能雕刻就好了！"

基 建

1972年左右，区委会决议将洪山中学搬迁到区委会附近的虎形坡山沟，平时做学校，战时做军营。学校决定，全校教职员工教学工作不停顿，让张克胜老师负责搬迁学校、修建新学校的工作。

为了支援洪山中学搬迁，水口农场和区委会同意从山坡森林里砍伐一批树木修建新学校，所以搬迁学校的任务很艰巨。学校劳动课时，张克胜老师身先士卒，一次又一次地流着汗，张着嘴，喘着气，和教职员工、学生们搬运这些拆卸下来的旧材料和砍伐的树木。

开始修建新学校时，他在虎形坡勘察了一次又一次，提出一个问题："这个虎形坡只有一口山塘，将来我们在这里只能饮用山塘水，这可不行，太不卫生，必须打一口井！"就这样，新的洪山中学的水井打出来了，附近的山民也免除了饮用山塘水之苦，皆大欢喜。

修建新学校，质量过关。

张克胜老师负责修建的洪山中学总是让我魂牵梦绕，朝思暮想。2017年暑假，我与老伴重游离别三十年的瓷城洪山中学。站在虎形坡山上眺望，根本看不到房屋。当年栽植的树木都已成材，高大茂密，郁郁葱葱。我们深深敬佩张克胜老师勇于担当，积极进取，身先士卒，严格以一个共产党员的标准要求自己，出色完成这一崇高使命的宝贵精神！

宣传表演

张克胜老师这个人，热心，爱热闹，当地群众凡组织宣传表演，他必定参加。他的拿手节目就是表演双簧。因为他是新化人，口音与当地不符，担心与观众有语言隔阂，所以他总是扮演前面那个表演动作的角色，而让别人担任在后面或说或唱的角色。他扮演前面的角色面罩很有特点，如果后面的角色是女的，他会在面罩上插上一朵美丽的花，如果后面的角色是男的，他就会在面罩上插上一幅用纸画的虎或猴子的图像，常常看得人们哈哈大笑。

此时，他就嘿嘿一笑："献丑了，献丑了，不好意思！"

后来有些学生和孩子纷纷模仿张克胜老师表演双簧，于是人们看到双簧这种民间特殊艺术形式在那个偏僻落后的地区落地生根，开花结果了！

张克胜老师的字写得很漂亮。他常常接受任务在校园通道开办宣传专栏，宣传时事政治，用标准的正楷书写，还配上图画，周围群众纷纷跑来观看。他们见张克胜老师的字写得这么好，春节或办红白喜事的时候，就向他索要楹联，他就免费为群众编撰楹联内容和书写楹联，群众赞道："张老师，你真是我们地区的才子！"

这时，张克胜老师又会嘿嘿一笑："不敢当，不敢当！以后有什么需要，请来找我就是。"

有一次，一户社员家第二天要办丧事，住得比较远，傍晚其家属来求张克胜老师去写楹联，很着急。他二话没说，带上笔墨跟着那位家属就走了。把楹联书写好了之后，那户社员家为表示感谢要发给他一个厚实的红包，他无论如何也不肯接受，深夜摸黑赶回了学校。第二天他仍然按学校安排的课表上课，竟一点都没有影响学校的正常教学工作！

学校和区委有什么事情需要写标语，写横幅，他都主动接过来。横着写，竖着写，他都擅长。他最出色的书体是魏碑，人们一见就称赞道："张老师写的字好漂亮！"

修路架桥

20世纪70年代后期秋季的一个傍晚，洪山中学所在地区，发生了一件重大水灾事故。一处叫高山水库的土堤坝因漏水垮塌，洪水一泻而下，顺着堤坝下的江涧奔腾冲击，沿路毁坏了许多房屋和庄稼，不少学生多日没来上学。

区委附近的果林大桥和公路也被冲垮。那个地方不远处，有个新联煤矿，两百多号职工，每天有大量煤车要从公路和大桥通过。区委领导对洪山中学领导说："据说你们学校那个张克胜老师博学多才，很有本事。你们学校拆迁和新建就是他担任工程师负责搞的。现在也让他来担任工程师，负责修建大桥和公路吧！"

于是张克胜老师就来到区委报到了。在区委召开的各乡领导干部和民兵干部动员会上，张克胜老师提问："我们当前首先要做好的事是什么？"

经过商讨，大家一致认为首先必须要搞好的工作是消毒，防止疾病传染。被洪水冲击死去开始腐臭的鸡鸭和鱼类，要深埋或烧毁。得了病的人员，要急速送医院治疗，不要拖。

接着，张克胜老师又提问："这个大桥要把它修建成一个什么样的桥？"

经过商讨，大家一致认为现在交通逐渐发达繁荣起来，这个桥应该修建成钢筋水泥桥。

于是张克胜老师与所有社员和民兵，当然还有我们学校的师生，没日没夜地干起来了，有时夜晚就宿在区委指挥所。有一次他着凉了，消化不良，腹泻。人们劝他："张老师，你到区卫生院治疗治疗吧！"

张克胜老师嘿嘿地笑着说："没关系，我挺得住。大禹治水还三过家门不入呢，我这点艰难不算什么！"

经过全体人员三个月的奋战，大桥和公路终于修建好了，新联煤矿的煤又源源不断地向外输送了。

2017年我与老伴重游洪山中学时，顺便观看了这座大桥，并将张克胜老师在桥上用魏体书写的"果林大桥"字样拍照留影。

每当我在相册中看到这幅有张克胜老师书写的魏体"果林大桥"字样的影照，眼前就浮现出当年张克胜老师的艰辛情景。

光荣入党

1980 年 6 月一个星期一的晚上，偏僻贫困的洪山中学显出一种少见、感人而难忘的情景。当晚，洪山中学召开教职员工会议，党支部为张克胜老师举行加入中国共产党的宣誓仪式。

张克胜老师的老伴和儿女受邀出席了这次宣誓仪式，他们显得格外兴奋激动。

宣誓完毕，党支部书记在会上说："张克胜老师多次写申请，要求加入中国共产党。长期以来，他以共产党员的高标准严格要求自己，以实际行动，为党，为祖国，为人民工作。经本校党支部全体党员认真深入讨论，报请区委审批，同意张克胜老师加入中国共产党，我们向他表示衷心和热烈的祝贺！希望我们的张博士今后更加努力，为党，为祖国，为人民作出更多贡献！"

党支部书记讲完话后，张克胜深情地说："我今天很兴奋。这是我一生中最激动，最难忘的一天。它是我人生新的起点，是我精神信仰的加油站！

"我的一生虽然经历过不少坎坷曲折，但我从来没有消极气馁过。我的心里始终感到温暖，充满阳光！

"我深深体会到，一个人对党，对祖国，对人民，有一颗赤诚之心，有本事，有才能，就会受到尊敬，受到信任，任何时候，任何人都一样……"

我听后，不由得在心底深深赞叹："张克胜老师说的真是经典的人生感悟啊！"

扶助后辈

我们洪山中学地处偏远的山乡虎形坡，20世纪70年代经济还很贫穷落后。山沟里时常有野物出没，令人毛骨悚然。清晨可以看见獐子和麂子在操坪追逐嬉戏，还可以看到豺狗伺机偷袭扑杀在屋前垃圾堆里挑拣食物的野鸡。夜晚时常有附近社员家的狗或猫蹿到学校教职员工住宅或食堂偷吃食物，甚至白天也有，防不胜防，平常孩子们都不敢独自在家玩耍。

1977年冬天学校劳动课时，我和老伴带着一批学生修建区委附近的果林公路桥，从早晨上学时起干到下午放学。那时我两个儿子，长子六岁多，次子四岁多，我们给他们备好午餐，让他们留在家里玩耍，并托请了有关老师照看。次子被来家偷吃食物的野猫吓得直哭，有老师来帮着哄，说："我们叫李爷爷来陪你们玩！"

次子哭着说："李爷爷不是张爷爷！"

张克胜老师闻讯后将我两个儿子接到家里进餐，又是炒鸡蛋，又是拿出点心水果给他们吃，还生起炭火给他们取暖。

我和老伴回校后听到这个情况，泪流满面，既是心疼两个儿子，也是被张克胜老师所感动，连连对两个儿子赞道："张爷爷好！张爷爷好！"

1983年的一个晚上，张克胜老师到瓷城群芳中学来看我，赠送我谋求已久的《篆书字典》，以及他的书法作品宋代朱熹的《观书有感》："半亩方塘一鉴开，天光云影共徘徊。问渠那得清如许？为有源头活水来。"

我那时担任群芳中学党支部副书记不久，以副职代正职，主持全面工作，还兼了两个高中班的语文课。恰逢老伴脱产去外地进修两年，家里还有两个儿子需要我独自照料，工作和生活的压力都很大，经常发作原发性震颤病和胃病。张克胜老师了解到我的情况，幽默地唱起了京剧《智取威虎山》名句："共产党员时刻听从党召唤……"

回去时，他一再勉励我多读书，也要多读无字书。另外，他还鼓励我努力工作，好好把肩负的工作搞好。

看着他离去的身影，我默默发誓：放心吧，我的好前辈，好同志！我一定努力工作，为党争光，为人民多做贡献，不辜负朋友们的期望！

直到现在，我仍将张克胜老师的那幅书法作品《观书有感》端端正正地悬挂在书房里。

尾 声

2022年5月，我在朋友圈评论栏里，看到我的学生杨志奇与一个叫张金云的对话，知道张金云是杨志奇的学生，而且是张克胜老师的儿子，我马上打电话给杨志奇，询问张克胜老师的情况。

杨志奇在电话里告诉我，张克胜老师已于最近去世。他的老伴魏老师身体还健朗，退休前在福星镇福星小学任教。其子张金云在张克胜老师长期熏陶下，现在是瓷城书画家、篆刻家、瓷器鉴赏家。

杨志奇还告诉我，张克胜老师入党后不久被调往瓷城农机局任局长，后来又被选为瓷城政协副主席，很受民众信赖。并说张克胜老师退休后生活很充实，健身，搞书法绘画，写诗词，和一群老年人很合得来。出版了一本诗词集，书名叫《晚香吟》。

后来我又拨通了杨志奇的电话，与他聊张克胜老师的事情。他告诉我，他是张克胜老师的学生，20世纪70

年代初在洪山学校高中毕业的，同学们都很敬重张克胜老师。张克胜老师去世后，他和同学参加了张克胜老师的追悼会，很隆重。

接听了杨志奇的电话后，我久久不能平静，在心里默默悼念："张克胜老师，我的前辈，我的好朋友，很遗憾，我自调回江城后一直没去看望你。三十五年了，你一生为党，为祖国，为人民作出了贡献，永远值得人们尊敬和信任。"

致敬，保安队长

我居住的朝阳小区很大，占地两百来亩，一百多号住户，保安的负担很重。

保安队长姓杨，四十来岁，退伍军人，很壮实，肤色微黑，在我们这个小区里担任保安队长五年多了。我与他很熟，知道他妻子在一个超市做营业员，女儿也在读书，以前常见他接送女儿上学。

这个杨队长与我们闲聊时，常常说："我们干保安的，就是要做好为人民服务的工作，保障业主们的生命财产安全！"

每当清晨，看见他在操坪面对一大排保安人员，总结头天工作，安排当日工作，叮嘱注意事项的时候，我总是不由得想起他和他的保安队员们为人民服务的一桩又一桩动人事迹。

一、奋不顾身，扑灭山火

去年的秋季，是一个罕见的燥热的秋季。那天晴空万里，没有一丝凉风。家里喂的狗，热得张嘴喘着气。

突然，小区西面山坡相邻的小区，一堆垃圾自燃起火，我们院子高楼上的住户人员发现后，惊慌呼叫："起火啦，起火啦！"

如不及时扑灭那堆垃圾猛火，势必在朝阳小区附近山坡引发树林果木大火。物业得到消息后，通知保安队等人员上山去查看。

杨队长带领一批保安人员到山上一看，垃圾堆的火越烧越猛烈。他拿着铁撬棍使劲撬开对方隔离的铁栅栏，让其他保安人员冲进去灭火。他自己在撬开铁栅栏时，右手被刮伤，流了不少血，但他坚持和队员们一起战斗。山火扑灭后很长一段时间，对方院子的人员都不知道他们园区内发生过火灾……

后来别人问他："你当时怎么不消毒包扎一下，得了破伤风病怎么办？"

他淡然地笑着说："灭火就是战斗。退伍前，我就是部队的一个班长，哪能随便下战场！"

二、清理鱼池，杀灭白蚁

在朝阳小区中心，有一处健身观礼台，下面有一口金鱼池，池里时常有被鸟类啄食死去的鱼类，臭味难闻。杨队长就常与物业负责房屋建筑的总监严师傅到金鱼池清除这些腐臭的鱼类，使这里的空气越来越清新。

朝阳小区还有一件非常恼人的事情。那就是小区是在一处大坟山建造起来的，原来坟山的棺木里有很多吞噬腐臭棺木的白蚁。这些白蚁的子子孙孙，现在时时沿着山坡下来，侵入住户家吞噬木质家具和门窗，破坏性很大，住户们苦不堪言。于是，杨队长就常常拉上严师傅及保安队的人员上山与专家一起杀灭白蚁。

有一次，我又看见杨队长与严师傅陪着杀灭白蚁的专家上山，在专家的指导下勘探，寻找白蚁窝，实行扑杀，忙活了一上午，俩人头上沾满了泥土、树叶，膝盖上也满是泥土。送走专家后，他们也收工往回走。

我一看手表，已过午餐时间，就说："食堂大概已经收工了，你们午餐怎么办？"

杨队长回过头来，说："我们通知快餐店，送点东西来吃算了！"

望着他们提着锄头铲子，背着行李走进住地的身影，我心中不由得生出一丝敬佩和感动！

三、阳光走廊，扶助老弱

我们小区里，有个老人很让人关注。她姓曹，80岁了，满头白发。原来是省城名校光华中学的语文老师，十多年前患上了阿尔茨海默病，现在病情越来越严重。

平常她喜欢在保姆的陪同下来到阳光走廊，与老人们坐一坐或晒晒太阳，她很少说一句话，但总是笑眯眯的。

一天上午，曹老师家的保姆在家忙着做饭，等家人中午下班回来食用。曹老师独自蹒跚着来到阳光走廊，坐着看老人们聊天和晒太阳。快吃午饭了，其他老人们都陆续起身回家了，她也起身准备回家去的样子，但她一直向院子东门外走去。我发现不对头，就问她："曹老师，你这是到哪儿去呀？"

她看着我，迟迟缓缓地说："回家去嘞！"

我急忙说："不对！曹老师，你这是往外走，你家是在院子里面！"

她迷茫地看着我，不知如何是好。

这时，杨队长正好骑着摩托车路过。我就和他说了曹老师的事，并请他把曹老师送回家去。但我和杨队长都不知道曹老师家住哪一栋哪一单元哪一楼，也没有曹老师家人的电话号码，无法联系。杨队长只好搀扶着曹老师一个地方一个地方向人们探询，在阳光走廊附近，他们碰到了下楼来接曹老师的保姆。

事后，我对杨队长说："这次幸好你把曹老师送回了家，要不她家人还不得急死！"

杨队长感慨地说："这位曹老师也真值得同情。辛苦了一辈子，现在搞得什么也不记得了，还容易走失。

我家有老妈，尊重他们，关爱他们是我们义不容辞的责任！"

四、寻找钥匙，送还主人

春天的一天，天气晴暖，阳光明媚，我沿着小区西面山坡水泥大道上山，再沿着园区内的水泥道路溜达。我八十一岁了，眼花腿瘸体衰，走走停停，凡有靠背的长条凳子，就坐一坐，歇一歇，看看周围风景。

五点钟左右，我回到住宅单元门口，掏门禁磁卡开门，却发现带着的一串钥匙不见了。又没带手机，无法打电话通知家人给我开门。这一串钥匙，有我家家门的密码锁磁卡钥匙，还有车库钥匙，车库里有不少贵重物品，我站在单元门口发傻了。

这时杨队长值班骑着摩托车正好路过，他问我发生了什么事情。了解情况后，他用值班门禁磁卡为我打开单元门，并搀扶着我，把我送到楼上的家里，还说你莫急，我帮你去找找钥匙。

晚上八点半左右，我家的门铃响了，打开门一看，杨队长拿着一串钥匙站在门前。我乐不可支地说："谢谢，谢谢！在哪儿找到的？"

"下午把你送回家后，我骑着摩托车沿着你走过的路线一路细心地寻找，但始终没有发现。我放心不下，吃过晚饭，拿着手电筒，在你可能坐过的靠背长凳子周围寻找，结果在山坡草坪的那条长凳子脚下发现了这串钥匙！不知是不是你丢失的那串钥匙，就先拿来让你辨认一下。"

我们一家人向他表示感谢。他说："不用谢！但愿李爹多多保重，今晚能睡个安心觉。"

五、运动场所，维持秩序

我们小区的中心有一个很大的运动场所，有篮球场、排球场、棒球场、羽毛球场。周边用铁栅栏围起来了，地面是红色或绿色的塑胶地毯。

周末晚上，业主委员会常常在这里举行儿童运动会或文艺演出，总能吸引不少男女老少前来观看，也有不少别的小区的家长带着小朋友来观看。不过这些小朋友中有一些比较顽皮，喜欢捣蛋，要么是攀爬铁栅栏，要么是插队参与有关活动。

这时，杨队长和他的队员们就耐心地劝说有关家长，要看好自己的孩子，遵守运动场所的有关纪律规则，注意安全。

有一次，一个外面小区的小朋友攀爬铁栅栏时刮破了手，杨队长急忙跑回办公场所拿来酒精、药膏和纱布等，给这个小朋友擦洗包扎。

那些外面小区的家长纷纷点头称赞："这些保安人员真贴心，工作踏实周到！"

每次儿童运动会或文艺表演结束后，杨队长和他的队员们还会帮着保洁员清扫场地，拾掇有关器具，工作不分彼此。虽然干到很晚才收工，但他们第二天照常准时上班。业主委员会主任对他们感激不尽，常常说："幸亏有保安人员帮忙，否则我们一个个都会累得筋疲力尽！"

六、交通安全，完善措施

我们朝阳小区是一个省级行政单位的宿舍区，是一个美好和谐的小区。但它是个新建立的小区，还有很多问题有待完善。

最大的问题是交通管制。来往这里的车辆很多，日夜穿梭不停，有运送建筑装修材料的大卡车、挖土机、吊装机，有运送快递的货物车、搬家运输车，有大量住在外面上下班人员的小车，有大量下级单位来办公事的小车。不少车辆乱停乱靠，院内小朋友上下学的时候交通更为拥挤堵塞。

有一次下午放学的时候，一辆出东大门的小车，差点把一个小朋友撞倒，家长们为此提心吊胆，引起业主委员会的高度注意。

为了消除交通安全隐患，保安队经请示有关部门，采取了有效措施。

这些措施是：在各个交叉路口标画人行横道线，并设置"上下学时间，驾车请多多注意小朋友安全""礼让行人，减速慢行""请让小朋友在家长监护下进行户外活动，不要在道路上嬉戏玩耍"等标牌；在各个交叉路口竖立大型反视镜，便于司机观看周边情况；上下学时间安排保安人员在各个交叉路口和院子出入口值班，督察交通安全情况；上下学时间安排保安人员骑摩托车在院内巡查交通安全情况。

一次我出外购买药物，看见杨队长在院子东大门值班。我称赞道："现在不但小朋友上下学安全多了，家长们高兴，我们老年人在院内行走也安全多啦，真要谢谢你们！"

杨队长真诚地说："这是我们应该做的事情！"

七、雨时深情，食堂救人

春夏季节，雨水特别多，往往连绵不断。一天，我到院子东门口鸟巢驿站去取快递，去的时候天高云淡，风和树静，但取了快递往回走的时候，却下起了大雨，而且刮起了风。我拿着快递，又没带雨伞，在风雨中走得摇摇晃晃。这时杨队长骑着值班摩托车巡查路过，停下车对我说："来，李爹，我先帮你把东西送到家里去！"说着他从摩托车上取了一把备用的雨伞递给我。

我回到家门口时，感激地对杨队长说："请进屋里去喝口水，歇一歇！"

他急忙说："不行，不行！我正在值班，下雨，可能还有其他情况。"

一个中午，我在食堂购买早点，杨队长也在那排队购买餐食准备就餐。有一位姓邝的老人，八十多岁的样子，行动迟缓，也在那排队购买家人一周内食用的早点，轮到他购买时，他却呆呆地站着，张着嘴看着服务员说不出话来。其他的人忙着购买餐食就餐，没注意到邝爹的情况。杨队长看了一阵说："不好，邝爹也许是突发中风。"

于是杨队长急忙将邝爹搀扶到一张餐桌旁坐下，并问："有谁知道他家人的电话吗？快叫他家人到食堂来！"

邝爹的女婿接到电话后，急忙跑到食堂，将邝爹送到医院去治疗。

事后有人称赞杨队长："邝爹的情况，幸亏杨队长及时发现，采取措施救治！就算不是见义勇为，至少是活雷锋！"

我接着说："他是退伍军人，一个出色的班长。本来就是活雷锋！"

八、潜移默化，后继有人

春节过后，好几天没见到杨队长了，我问物业经理他是不是春节回老家还没回来。物业经理告诉我："不是，他辞职了。他父亲病重，癌症，他决意陪伴父亲，守着父亲。他妻子也辞职回去了。他们的女儿已在读初中，改为在学校寄宿。"

我心里沉重，祝愿好人安康无事。并问物业经理日后保安队长谁来担任。

又过了一些天，物业经理指着旁边一位身着工作服的保安对我说："以后他就是保安队长。姓刘，刘队长。"

这位还年轻的保安向我敬了一个标准的军礼。我一看，很熟，以前常常见到他。他朴实，高挑个儿，又是一个风纪容貌严整的退伍军人！

我真诚地对他说："刘队长，你好！祝贺你接任杨队长的工作，担任保安队长。你们都是好样的，都是少有的暖心人，活雷锋。日后去看望杨队长时，请捎去我们大家对他的问候！"

凌云志

2017 年春季的一天，我们学校组织退休人员到洲城芳菲景点游览。阳光明媚，百花齐放，鸟语花香，好一派秀美景象！午餐后，我们有的在湖边游玩谈心，有的在湖边树木下靠着座椅悠闲地看着报刊。

我的好友彭老师正在看一本杂志，我走过去问："看什么哪，这么专心？"

彭老师把手中的杂志交给我看，是洲城去年第 24 期的《教育界》。彭老师看的文章，是洲城大学凌云志的《协同创新视域下实践教学内容的构成研究》，但它吸引我的不是杂志和他看的那篇文章的标题，而是那篇文章作者的名字！我惊奇地问："你认识这个作者呀？"

彭老师说："不认识，只是觉得这位作者研究的问题好高深，我们这些老教育工作者想都想不到，看来我们真的是落伍啦！"

学校这次退休人员春游活动，组织得让我心里甜滋滋，美滋滋的。因为我觉得刊物上那个作者，很可能就是我始终牵挂的一个学生，感到有个意外收获。

回家后，我兴奋地拨打了洲城大学教务处的电话，问对方有没有一个叫凌云志的老师，对方很快回复我："有一个叫凌云志的老师，他是我校破格录取的，已被评为副高级职称，瓷城人。来我校之前是洲城一个电器装配维修店的老板。"

"哦，果然是他！"

我向对方索要凌云志的手机号，对方爽快地念给了我。

第二天，我又兴奋地拨通了凌云志的手机，对方听出是我的声音，也惊喜地说："哦，杨老师，是你呀？你好吗？"

我高兴地说："云志，我还好。你现在进了省城名牌大学当老师，做学者，论文写得这么好，很不简单啊！我始终牵挂着你，以后得空时来我这儿走走，我们好好谈谈心。"

凌云志也在电话中高兴地说："好的，好的，一定，一定！"

农家学子

与凌云志通完电话后，我的心情久久不能平静。他的许多事迹一幕一幕地浮现在我的脑海中。

凌云志是1965年出生的，1981年在瓷城洪山学校就读高中，我是他的班主任。那时高中是两年制，虽然两年后他就匆匆毕业了，但他留给我的印象特别深刻。

他是个守规矩、坚毅、不捣蛋贪玩的好学生。单瘦个儿，长方小脸，肤色白皙，颧骨较高。尤其引人注意的是，他的颈脖和背总是笔直笔直的，从没弯曲过。他说话慢条斯理，不骄不躁。喜欢阅读文学书籍，作文很好。

凌云志高中毕业后我担任文科复读班的班主任，见他喜欢文学，作文也好，曾去他家动员他复读争取考大学。

他家居住在明月镇云崖寺村的高山之中，家境贫寒，家里除了锄耙镰刀、箩筐畚箕之外，没有其他像样的器物，连个热水瓶都没有，茶杯就更别说了，只有粗糙的大茶碗。四周墙上连一张时尚的宣传画和对联也没有，更没有什么书桌书柜。他家兄弟姊妹多，父母年岁渐老，需要他留在家里在生产队赚工分，我好不容易才说服他父母同意他复读考大学。

但凌云志回校后只复读了半个多学期，终因家庭困难还是回家务农去了，放弃了报考大学的机会。

南下创业

1987年，我和老伴从瓷城调回长沙任教。1993年暑假的一天，不知凌云志从哪儿探听到我家的住址，上门来看我们。那时他已二十八岁了，一脸疲惫，但颈脖和背仍然是笔挺笔挺的，没有弯曲一点，说话仍然慢条斯理，不骄不躁！

"云志啊，这些年你是怎么过的啊？"

"老师，那年退学回家后，我见国家形势那么好，大搞改革开放，农村很多人南下创业大显身手，我也不甘落后，于是走南闯北，一边谋生一边追求文学事业。在海南岛，在深圳、广州、长沙等地，什么行业都干过，什么苦都吃过。在海南承包过土地种植蔬菜，在深圳向店铺老板跟班学过电脑维修，在广州餐饮店做过跑堂的，均因技艺不精难以为继。但我没有气馁，没有退缩。"

"那后来呢？"

"后来我来到省城图书馆做园林工，一边打工，一边借机在该馆拼命阅读书籍，遇到一位贵人指点。这位贵人是一位颇有阅历的老者，他知道我喜爱文学，指点我说，要获得事业的成功，就必须有一门技艺养活自己。我看你最好到大学去学一门技艺，其他的以后再说。于是我一边在省城图书馆做园林工，一边在莲城大学读电子专业，毕业后在洲城开办了一个电器装配维修店铺。有了生存技能，有了经济基础，今后对文学的追求也有了保障。"

"你家里现在的情况如何？"

"因为电子专业学得还可以，我开的电器装配维修店效益很好。现在我把家中的兄弟姊妹都接到洲城来了，帮他们各自开了门面营生，有的开面粉店，有的开百货南杂店，有的开窗帘布匹店，生活都过得很好。在家乡的父母身体也都还好，不必要我太操心。"

我又关切地问："你现在谈女朋友了吗？结婚了吗？"

他缓缓地说："让自己慢慢强大一些再说吧！"

看着眼前这位学子，我在内心深深地赞叹，久久地深思。

同窗情义

云志是高山走出来的穷娃子，朴素厚道，即使后来生活殷实起来了，也从没见他穿过一件高档的服装，对自己是比较抠的。

但他对同窗竟是另一种情景。每当同窗遇到困难时，他总是兄长般地慷慨相助，不求回报，令人感动。

他与同是高山娃的武俊文只在复读时有过一段时间的接触。武俊文复读是从另一个学校转到瓷城洪山学校的，参加招飞体检，只差一个小项目，当上飞行员的好事就落到他头上了，所以大家对武俊文既陌生又印象深刻。1993年云志在洲城当上电器装配维修店铺老板后，武俊文意欲南下创业却缺乏盘缠，他毫不犹豫地给了武俊文五百元。

他与黄晓义也只在复读时待过一段时间，后来黄晓义转到瓷城群芳中学复读考上了大学，大学毕业后在省城一个大学任职，后来家庭遇到困难，云志毫不犹豫地给了他八百元。

正因为云志对同窗有情有义，所以同学们对他也很关心。1993年他的两个儿子受聘到境外去就职，武俊文当时受任职公司委托在江浙一带考察，为表示庆贺特意赶回湖南参加了云志家举办的宴会。黄晓义也参加了这个宴会。这种事很多。

后来我也曾问云志："那些钱，他们偿还了吗？"

他无关紧要地说："他们多次要偿还,可我能接受吗？"

听了他的回答，我心中对这位学子又多了一分敬重！

破格录取

正当凌云志的生意做得风生水起之时，又一个贵人，给他提供了人生再次提升的机会。

这个贵人叫夏仁昇，是云志在瓷城洪山中学复读时的同班同学。夏仁昇这个同学一天到晚老是笑眯眯的，数学特别好，大家都喜欢他，云志常常向夏仁昇请教数学问题，所以两人的情谊也很深。

夏仁昇复读后考取了水利中专学校，就业后经过在职进修本科、研究生和博士生，被调在省城一个高科技单位工作，任总工程师。

那一年，夏仁昇听说洲城大学急需电器设备装配维修方面的人才，正好云志已拿到莲城大学函授电子本科毕业证书，于是夏仁昇用激将法对云志说："现在洲城大学急需一个电器设备装配维修方面的人才，你敢不敢去应聘？"

听了夏仁昇的激励话语，凌云志一如往常笔直地挺着颈脖和背，语气坚定地说："敢！就钱财而论，我现在经营的店铺效益不错。但高等学府，毕竟更能开阔眼界，施展专业技能，我要去试试！"

夏仁昇高兴地说："好！明天我就去洲城大学为你沟通。你要自信，不要怯场。主要是面试，估计他们重点是看你的操作技能，你若是技艺过不了关，别怪我没帮忙！"

其实面试很简单。搬来了几台老旧电脑，有两个监考员在旁边监考，要求他们在限定时间内装配维修好。这几台电脑都是系统被卡死、文档丢失的问题。凌云志在限定时间的前十分钟就搞定了。一个星期后，他被破格录取了。

凌云志被洲城大学破格录取后，不负众望，连续解决了学校实验室几件设备装配维修方面的难题，受到学校表彰。几年内，他连续发表三十来篇专业论文，并被评为副高职称实验师，负责带领实验室团队。

成家立业

凌云志到洲城大学就职时，已是三十五岁，婚姻问题还未解决，大家都很关心。

就在这时凌云志人生中的第三位贵人帮上了忙。他就是云志在瓷城洪山中学复读时的同窗武俊文。

经多方物色，武俊文觉得他熟悉的秋老师——省城一个小学的教务主任，与云志很般配。说来也是缘分，经吴俊文介绍，这个秋老师与云志来往了一段时间后，情投意合，很快就结婚了。

云志与秋老师结婚后，我与老伴到他家去看过。觉得这个秋老师很秀气，很有气质。家里的陈设布置得井井有条，干干净净。秋老师寒暑假早晚都会跟随云志到自家小菜园侍弄一个小时，种植蔬菜果木，真是男耕女作，伉俪情深。我和老伴也就放心了，衷心地向他们表示了祝贺，他们两口子后来也来家看望过我们。

后来我问过武俊文："你为什么把秋老师介绍给凌云志？是回报他吗？"

武俊文回答："不只是回报。我主要是觉得凌云志需要一个和谐宁静的家室，以便更好地为单位工作，晚年也能安康宁静。同窗情谊而已！"

我心中赞叹："哦，难能可贵的情义！"

工作为重

在谈到被破格录取到大学任职和他的文学爱好时，凌云志严肃认真地说："我虽是一个农家子弟，但不能辜负党和国家对我的教诲，应该为党和国家作出应有的贡献，不应用文学爱好冲击本职工作。"

云志是这么说的，也是这样做的。他始终衣着朴素，滴酒不沾，不抽烟，不打牌，没有任何不良嗜好。他作风踏实，不张扬炫耀，坚持看书学习，一心扑在工作上。

云志是个孝子，到洲城大学任职后，节假日都会回老家高山冲里去看望老父母。

为了减少牵挂，集中精力搞好本职工作，他在自己居住的小区另外购买了一套住宅，把父母接来居住，这为他减去了很多烦忧。

就孝道这一点而言，在瓷城洪山中学复读班同学中，他是做得最好的一个。

同学聚会

一年"五一"，同是从瓷城明月镇高山走出来的复读班班长何裕民同学，倡议回瓷城洪山中学举行纪念复读班四十周年聚会。住宿在洪山中学的白果酒店，为期两天，聚会活动中的一个内容是自由发言。他还特意来到长沙，邀请我们老两口参加了这次聚会活动。

复读班有二十多个同学从全国各地赶来参加聚会，都是一些已退休或快退休的年岁，经历了不少人生历练，有所收获的同学。当年洪山中学东边的虎形坡，完全是一片荒山坡，坡下是一片低山洼，寸草不生，常常有飞禽走兽出没。而今我和他们站在虎形坡山上眺望，根本看不到山下的校舍房屋。当年栽植的树木都已成材，高大茂密，郁郁葱葱。人人感慨万分！

班长何裕民复读结束后就参军了，退伍后在瓷城电视台担任领导。文笔很精彩，演讲很有鼓动性，组织能力很强，人缘很好。自由发言时，他激情昂扬地说：

"同学们！四十年后我们复读班的同学们终于欢乐地聚集到一起了。感谢家乡高山对我们的生育抚养，感谢党和祖国对我们的关怀培育！让我们畅所欲言，放声歌唱吧！"

云志在同学聚会时发表了长长的自由讲话。他以那特有的姿势，笔直笔直地挺着颈脖和背，左手拿着讲稿，右手向上提搂着，激情地回顾了个人走出高山的经历，重点说了自己的人生感悟：

"我深深感谢同学们过往给我的帮助，使我能走到今天和大家愉快聚会！我们都是从高山冲里走出来的娃儿。我的名字叫凌云志，倒是很符合我们家乡高山这个名字的意趣。人要有志向，若有志向，坚韧不拔，为人友善，广结人缘，就会时时有贵人相助！我们不仅为个人的奋斗前进欣慰，更要深深感谢党和祖国给了我们机会，给了我们幸福，为我们开辟了天地，让我们大展身手！"

他的这番演讲，获得在场所有同学的热烈掌声，让所有同学深深感动！

聚会活动结束时，班长何裕民再次致辞：

"同学们！五一劳动节两天的聚会活动就要结束了。这次活动办得很成功，我们好高兴！后天就是五四青年节了，我们都要多多保重，永葆青春，争取晚年再为党和祖国做点贡献，争取下次再来聚会，畅谈交流自己的经验体会！"

洪山中学负责接待的教职员工，白果酒店的老板和营业员观看了我们整个聚会活动，深有感慨，说："这真是一群有情有义，敢于奋斗前行的老同学！他们没有辜负党和国家的培养，没有辜负学校的培养，没有辜负家乡父老的培育！"

诗词文稿

其实，我现在的居住地与凌云志居住的小区并不远，坐公交车七八站就到了，平时没事我们老两口也常会去他家看看。

他家的摆设很简单，没有什么奢华时尚的器具，但有四五个很高大的书柜。书柜里除了大量电子电器方面的书籍外，全是文学方面的书籍，古今中外的小说、散文、诗词、文学评论，什么都有，还有不少刊物和报纸。他的妻子秋老师嗔怪地对我们说："他的时间观念很强，每天按时上班，按时参加会议，按时收看《新闻联播》，但就是晚间阅看书报，收看电视剧着迷，不按时结束。"

我笑着说："那是他的文学情结难了！"

两年前，凌云志夫妇有一次来家看我们老两口。我问他："你现在生活安定了，家庭美满和谐，对文学，对写作，还有兴趣吗？"

云志笔直地挺着颈脖和背，稍微停顿了一下，严肃认真地回答我，说："老师，文学是反映生活的，它来源于生活，而又高于生活。所以要搞创作，首先得把生活看明白，看懂，然后把它表现出来。我现在也有一些年岁了，对生活明白了一些，看懂了一些，写作欲望就更强烈了。"

我便接着问："那你而今在写吗？写些什么？"

云志回答，说："没有花什么时间去写。我会在退休后专心写。内容可能是我个人奋斗前进的一些经历和感悟。"

我高兴地说："好！先考虑一下退休后的生活。计划安排退休后搞搞写作，是一种充实晚年生活、养生保健的好方法，也可为社会发挥点余热！"

无论是在家务农时期、南下创业时期，还是被破格录取进大学任职后，云志始终没有忘却他的文学情怀，坚持写作，常在网上发表作品。但他的原则是以工作为重，只是把文学当作业余爱好，绝不影响国家和单位的利益。我想他的这种认识和态度，对许多文学迷来说，应该是值得效仿的。

2022年4月，他的诗词文稿集《走出高山》终于面世。我吟诵着书里一篇篇精彩的诗词文稿，深深为云志的家国情怀、诗词文章的才华喝彩、骄傲！

诗词楹联篇

诗词

暮年寒冬习字

时令冬寒雨雪阴，出游垂暮腿瘸沉。

棋牌琴鼓陪同缺，习字吟诗酒自斟。

2018.12.6

首句仄起平收式，下平声【十二侵】韵。

老弱涂鸦

老弱偷闲写字房，涂鸦也算养生方。

无求翰墨传人世，但愿安康未卧床。

2019.1.5

首句仄起平收式，下平声【七阳】韵。

125

南乡子·笔耕

平淡老园丁，依旧情怀用笔耕。歌颂赞扬家国事，真诚。根本无求利与名。

向往美人生，不忘初心永纵横。垂暮为霞无悔恨，能行。前进曲中一小兵！

2022.6.39

用《词林正韵》第十一部韵。

赞疫情期间社区主任

社区主任战瘟神，上户登门不顾身。

防控措施精准细，人民卫士党功臣！

2020.3.21

首句平起平收式，上平声【十一真】韵。

晚霞之二

年年月月下青山，旭日东升心底欢。
热血一腔迎美景，忠心赤胆报天宽。

2022.6.30

首句平起平收式，上平声【十四寒】韵。

【注】拙著《荷塘诗词选》已有《晚霞》一首，此诗依韵而作，故标题为《晚霞之二》。

赞蒋君事成雅室盆景

蒋君事成 2020 年 1 月 7 日（腊月十三日）晚发来微信和图片："茶梅迎春。我家移入室内的一株茶梅，近日开出十余朵红花，增添了节前的气氛。"

两盆喜庆美茶花，恰似书香贤主家。
腊月寒冬陪蒋许，新春岁岁乐无涯。

已亥猪年腊月十四日

首句平起平收式，下平声【六麻】韵。

【注】许，系蒋君夫人许老师。

自勉临池之一

眼花头晕腿瘸躯，愿做家中纸墨奴。

字体虽然难长进，权当保健也欢愉。

2020.4.27

首句平起平收式，上平声【七虞】韵。

自勉临池之二

垂暮残躯困在家，不妨因势抹乌鸦。

气功融入临池里，益寿延年饭量加。

2020.4.30

首句仄起平收式。下平声【六麻】韵。

【注】抹乌鸦，唐代卢仝《示添丁》诗："忽来案上翻墨汁，涂抹诗书如老鸦。"后世用"涂鸦"形容字写得很差。

129

戏题蒋君事成伉俪楼台种植图

耄耋儒生壮似牛，挥锄种植乐悠悠。
精心指导老来伴，园圃丰收美画楼。

2020.9.22

首句仄起平收式，下平声【十一尤】韵。

【注】指导：蒋君事成曾在朋友圈刊登在楼台园圃挥锄种植的图片数张，该园圃有 150 多平方米，说"养花种菜很随意"，并说他负责对其夫人许老师"做技术指导"。

赞阳光先生摄影作品《免费公园赏休闲》

阳光传送美篇章，古老星城展靓妆。

改革创新千岁盛，公园开辟百花香。

众多白发翩翩舞，无数青丝熙熙翔。

往返徜徉勤摄制，先生深爱我家乡。

2020.11.10

首句平起平收式，下平声【七阳】韵。

赞物业李爱群

修缮园区旧广场，中心位置美风光。
筹谋操作身先卒，物业群中领首羊。

2020.11.17

首句仄起平收式，下平声【七阳】韵。

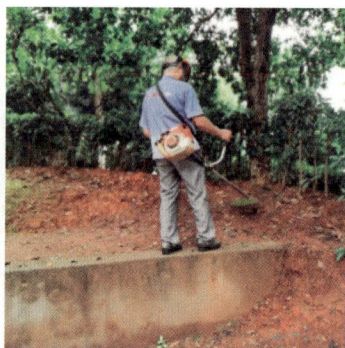

赞事成君伉俪游武陵天景花池

季秋犹有傲霜花，醉客祁山忘返家。

湘水仙翁情未尽，武陵神女伴君夸。

2020.10.26

首句平起平收式，下平声【六麻】韵。

【注】天景花池：武陵的一个景点。

祁山、湘水：蒋君事成的网名叫"祁山湘水客"。

其夫人许老师的网名叫"老菜农"。

武陵：常德市的一个行政区。

题贺君凤奇明月乡春夜春晨视频

如梦山乡春色浓，声声蛙鸣夜朦胧。

清晨布谷催播种，田野村庄画面雄。

2021.4.17

首句仄起平收式，上平声【一东】。

首句邻韵【二冬】。

出院后告白三首

2020年10月30日，我因冠心病心绞痛住进医院治疗，于11月6日出院回家。住院期间为了不让亲友们知道我在住院而感到不安，我不断从相册向朋友圈发送往日习字图片。

非常感谢那段时间亲友们对我那些习字图片的深情关注和点赞。他们的情义让我在治疗期间深受感动，备受鼓舞，故有此作。

其 一

旧时习字若干张，卧病圈中发送忙。
祈盼亲友多指教，更为自勉莫心慌。

首句平起平收式，下平声【七阳】韵。

其 二

病房发送鬼符忙，都是先前习字章。
原本隐情无搅扰，未成骗得赞声扬。

首句平起平收式，下平声【七阳】韵。

其 三

住院七天病困人，鬼符发送却频频。
但凡康复留仙骨，继续临池酒免唇。

首句仄起平收式，上平声【十一真】韵。

【注】鬼符：攸县醴陵方言形容字迹丑陋为"鬼画符图"，即"鬼符"。

仙骨：民间流传一副对联：不俗即仙骨，多情乃佛心。

洞仙歌 · 改造园区池苑

小桥池水，北高南低美。崖洞西临众仙醉。柳依依，东面花木丛丛。精改造，一派园林荟萃。

狠抓和细算，材料资金。入户登门募经费，废物用而成，进度不落，亲上阵，与众劳累。历数月，终于展宏图，赞颂那，有心人谌宪伟！

2020.12.17

【注】池苑：指金汇园里一处池水山石林木景观。北高南低，长约一公里，紧靠山崖和屋场基脚，是业主们娱乐休憩的处所。

谌宪伟：园区业主委员会主任。

赞常德

今晨蒋君事成发来《全省第一，常德荣获 18 项表扬激励》的帖子，喜而有此戏作。

祁山湘水客，落地朗州家。
园圃鲜花美，时时奖赏拿！

2021.1.31

首句平起仄收式，下平声【六麻】韵。

【注】朗州：常德古时称谓。

也题酒色财气

　　宋代佛印和尚、苏轼、宋神宗、王安石有题咏酒色财气的诗篇，读后深受启迪。本人此作没有他们宗法哲理、家国社稷式的深刻感悟，只是个人对酒色财气情缘的浅显理解。首句写对酒的自控，第二句写对色的专一，第三句写对财的知足，第四句写对事对人的气节和情意，自我解嘲而已。

　　　　酒因血高早杯悬，色衰老伴共被眠。
　　　　财够火葬心意足，气到升天还缠绵。

2021.5.7

　　首句平起平收式，下平声【一先】韵。

赞业委会主任谌宪伟

一番心血仙人洞，改建筹资动脑筋。

今日双休清废物，鱼池新貌赞谌君。

2021.5.9

首句平起仄收式，上平声【十二文】韵。

贺事成君八十寿
—— 步寅初君韵

饱读诗书君一流，云游寰宇趣悠悠。

家风醇厚天伦乐，八十高龄壮志稠。

2022.3.2

附：2022.3.2 何君寅初原诗

寿蒋君事成

诗酒花茶雅士流，（仄平平仄平）

俊游天下亦悠悠。（平仄仄平平）

谁言八十堪称老，（平仄平平仄）

应是峥嵘岁月稠！（仄平平仄平）

首句仄起平收式，下平声【十一尤】韵。

八十自寿

病残老弱脑犹全，耄耋蹒跚未竟篇。
往昔征程排困苦，而今前路拓园田。
夕阳处处神仙乐，华夏人人志士贤。
不忘初心担使命，尚存一息绘余年。

2021.10.9

首句平起平收式，下平声【一先】韵。

赞中南水工

管道更新大半年，炎天冷雨免费篇。
最终扫尾艰难事，何队全程勇向前。

2021.12.21

首句平起平收式，下平声【一先】韵。

【注】何队：指扫尾工作的领队何师傅。

《园丁拾零》出版后吟

蹒跚耄耋老园丁，回首低头只拾零。
岁月虽然多困苦，精专敬业也安宁。

2022.3.21

首句平起平收式，下平声【九青】韵。

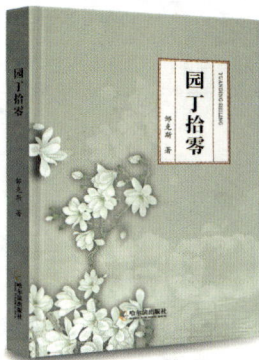

赞许老师花卉美篇

先生情意诗配花，夫人园圃锦绣家。
借得美篇传万里，世人纷纷衷心夸。

2021.12.20

下平声【六麻】韵。

【注】许老师：蒋君事成的夫人，善栽植花卉，制作美篇。蒋常为其花卉美篇配制诗词。

颂垃圾分类

垃圾分类见品行，废物重生价值赢。
若是人人都效仿，繁荣昌盛国扬名。

2022.6.15

首句平起平收式，下平声【八庚】韵。

爱惜粮食

心疼粮草是常情，不只栽培血汗成。
万一战争来打击，若无饭食哪峥嵘。

2022.6.15

首句平起平收式，下平声【八庚】韵。

楹联

喜事常来财运久，
福星高照寿年长。
　横幅：春色满园

效徐特立先贤从教，
承向警予志士创新。
　横幅：红色周南

朱剑凡毁家创办周南，无数英才相映，
后来者强国追随至圣，众多蜡炬共辉。
　横幅：红色周南

赫赫周南先贤名士树榜样
莘莘学子淑女豪男成栋梁
　　横幅：品质周南

迎朝阳园丁耕作情怀壮，
奔理想弟子进研修气昂。
　　横幅：幸福周南

满园鲲鹏欢歌齐展翅，
举国俊杰曼舞共称雄。
　　横幅：辉煌周南